원본
정지용 시집
이숭원 주해
깊은샘

원본 정지용 시집

이숭원 주해

깊은샘

1930년대초 徽文高普 재직시

1935년 詩文學社에서
朴龍喆이 편집하여 낸
『鄭芝溶詩集』표지.

1941년 東明出版社에서 낸 『白鹿潭』

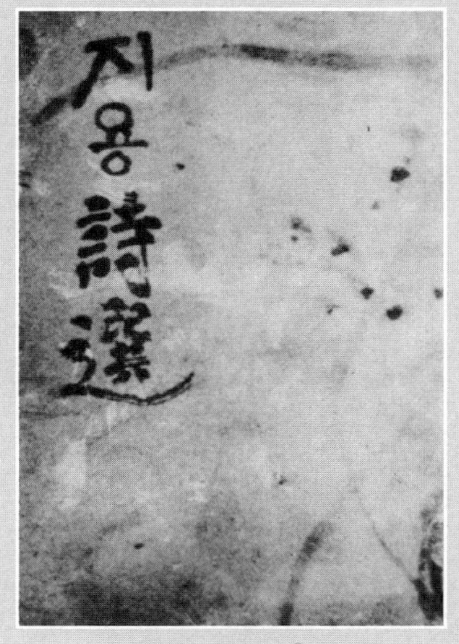

1946년 乙酉文學社에서 낸 『지용詩選』

1948년 博文出版社에서 낸 『文學讀本』표지.

1949년 同志社에서 낸 『散文』표지.

　정지용의 시만이 아니라 작고 시인의 시를 인용할 때 늘 신경이 쓰이는 것은 작품의 표기에 대한 문제다. 처음 발표된 지면의 표기대로 인용할 것인지, 아니면 시집에 수록된 작품의 표기를 따를 것인지, 그것도 아니면 시인의 의도가 개입된 부분은 그대로 두고 현대 표기법에 맞추어 적을 것인지를 결정해야 한다. 나는, 지면에 발표된 작품이 시인 생전에 시집에 수록되었을 경우에는 시집의 작품을 원전으로 보며, 해당 작품을 인용할 때에는 음성적 가치가 훼손되지 않는 선에서 현대 표기법으로 바꾸어 적는 것을 원칙으로 삼아 왔다. 졸저『정지용 시의 심층적 탐구』의 시 인용은 바로 이 원칙을 따랐다.

　이렇게 되다 보니 "음성적 가치가 훼손되지 않는"이라는 단서 조항이 애매해서, 인용하는 사람의 기준에 따라 동일한 작품이 조금씩 다른 표기로 인용되는 사례가 나타나게 되었다. 그리고 정지용

처럼 방언이나 고어, 혹은 신조어를 시에 활용하는 경우에는 인용자의 자의에 의한 원작 훼손의 가능성이 더욱 커지게 된다. 그 결과 교과서에 인용된 표기가 다르고, 논문에 인용된 표기가 또 다르고, 평론에 인용한 표기가 또 다르게 나타나는 것이다. 이런 혼란을 막기 위해서는 우선 원전을 원전 그대로 제시하는 일이 필요하다. 원전을 그대로 살려 놓고 시어와 시행의 정확한 의미 해석이 이루어진 다음에 현대 표기에 맞는 교정과 주석 작업이 이루어져야 한다. 이것이 곧 결정판 시전집을 만드는 일이다.

　결정판 시전집이란, 해당 시인의 작품 전체를 원전 표기로 제시한 다음에 음성적 가치를 훼손하지 않는 선에서 현대 표기로 바꾸어 놓고, 각 작품의 난해어구와 시행의 의미에 대해 주석을 단 전집을 말한다. 그래서 어느 정도 교육을 받은 사람이라면 작품과 주해를 읽고 충분히 그 뜻을 파악할 수 있어야 하며, 작품을 인용할 때도 그 전집에 의거하여 같은 작품을 동일하게 인용하는 일이 이루어져야 한다. 우리의 시 문화가 이런 수준에 이르러야, 세계화나 국제화를 운위할 수 있고, 그 다음 단계의 문화를 건설할 수 있다.

　이 책은 그러한 결정판 시전집이 아니라 원본 시전집이다. 정지용의 두 권의 시집과 시집 미수록 작품을 원본 그대로 사진판으로 제시하였으며, 거기 주석을 달았다. 『정지용 시의 심충적 탐구』의 머리말에서 나의 작품 해석에 대해 다른 의견이나 새로운 견해가 있으면 반응을 표시해 달라는 부탁을 드린 바 있다. 그 이후 논문이나 평론, 사신(私信), 또는 직접적인 대화를 통하여 다양한 의견에 접할 수 있었다. 그런 과정을 통해 얻은 새로운 이해가 이 책의 주석에 모두 반영되었다. 이 자리를 빌어 그러한 깨우침을 준 많은 분들께 감사의 뜻을 전한다. 결정판 정지용시 전집을 내지 못한 것은 아쉬운 일이지만, 정지용 시의 올바른 이해를 위한 길잡이의 역할을 맡게 된 것은 참으로 다행스러운 일이다. 제작비를 아끼지 아니하고 책을 출판해 준 깊은샘 박현숙 사장과 정지용 시작품의 전재(全載)를 허락해 주신 지용 시인의 장남 정구관 님께도 깊은 감사의 마음을 전한다.

2003년 1월 1일
이 숭 원

차 례

「정지용시집」

『백록담』

작품집의 미수록분

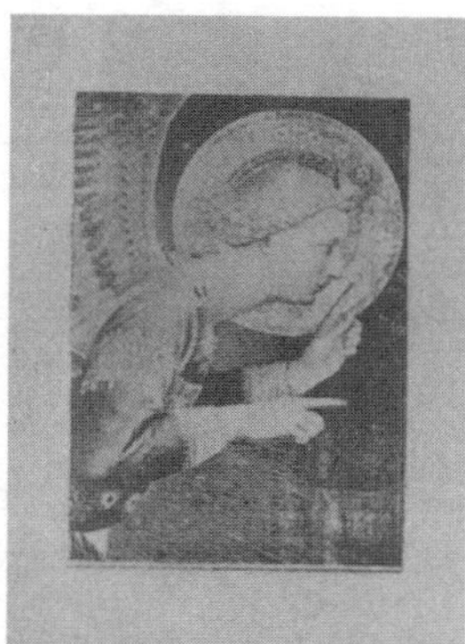

鄭芝溶詩集

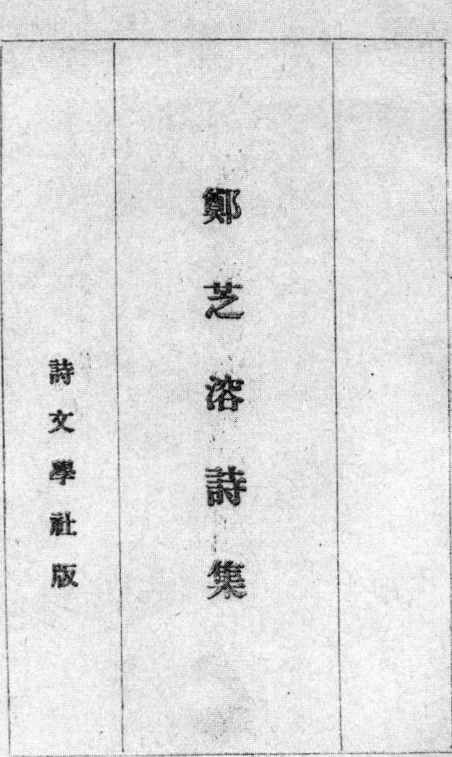

鄭芝溶詩集
詩文學社版

바 다 1

고래가 이제 橫斷 한뒤
海峽이 天幕처럼 퍼덕이오.

……힌물결 피여오르는 아래로 바독돌 자꼬 자꼬 나려가고,

銀방울 날리듯 떠오르는 바다종달새……

한나잘 노려보오 훔켜잡어 고 빨안살 빼스랴고,

※

미억닢새 향기한 바위틈에

진달레꽃빛 조개가 해ㅅ살 쪼이고,

「바다 1」
* 『시문학』 2호(1930. 5)에 「바다」라는 제목으로 발표.
1. 바다종달새 - 바다종달새라는 새 이름은 어느 사전에도 나오지 않는다. 종달새
   처럼 하늘로 높이 날아오르는 바다새를 그렇게 명명한 것으로 추측된다.
2. 빩안살 빼스랴고 - 빨간 살 뺏으려고. '빨간 살'은 조개나 물고기의 속살을 의
   미한다.

청케비 케날개에 미끄러커 도ー네

유리판 같은 하늘에.

바다는ー속속 드리 보이오.

청대ㅅ닢 처럼 푸른

바다

※

꽃봉오리 줄등 켜듯한

조그만 산으로ー하고 있을까요.

솔나무 대나무

다옥한 수풀로ー하고 있을까요.

노랑 검정 알롱 달롱한

블랑키트 두르고 쪼그린 호랑이로ー하고 있을까요.

---

3. 다옥한 – 무성한, 다보록한.
4. 블랑키트 – 블랭킷(blanket), 담요.
5. "꽃봉오리~호랑이로— 하고 있을까요" – 바다 속에 담겨 있을 다양한 형상을 비유적으로 표현한 것으로 생각된다.

당신은 「이러한風景」을 데불고

한 연기 같은

바다

멀리 멀리 航海합쇼.

바다 2

바다는 뿔뿔이
달어 날라고 했다。

푸른 도마뱀떼 같이
재재발렀다。

꼬리가 이룩
잡히지 않었다。

흰 발톱에 찢긴
珊瑚보다 붉고 슬픈 생채기!

가까스루 몰아다 부치고

「바다 2」
* 『시원』 5호(1935. 12)에 「바다」라는 제목으로 발표.
1. 재재발렀다 – '재바르다' (재치가 있고 날렵하다)의 변형. 상당히 날렵하게 움직
   이는 모양.
2. "흰 발톱에~생채기!" – 흰 파도가 부서지는 해안의 붉은 바위나 모래벌을 나타
   낸 것으로 보인다.

변죽을 둘러 손질하여 물기를 시쳤다.

이 앨쓴 海圖에
손을 싯고 떼었다.

찰찰 넘치도록
돌돌 굴르도록

회동그란히 바쳐 들었다!

地球는 蓮닢인양 오므라들고……펴고……

---

3. 변죽 – 그릇이나 세간 따위의 가장자리
4. 시쳤다 – 『시원』에는 '씻었다'로 표기되어 있다.
5. "가까스로~시쳤다" – 두 가지의 해석이 가능하다. '화자가 움직이는 바다를 가까스로 화폭에 옮겨 그리고 물기를 씻어 완성했다'는 해석과 '움직이는 파도가 해안에 밀려들어 잔잔해지는 모습을 나타냈다'는 해석이 그것이다. 6연과의 연관성을 생각하면 전자의 해석이, 4연과의 연속성을 생각하면 후자의 해석이 타당해 보인다. 나는 4연의 끝부분 "생채기!"에서 전반부의 시상이 일단락되었다고 보고, 전자의 해석을 받아들인다.
6. 앨쓴 海圖 – 애를 써서 만든 해도
7. 地球는 蓮닢인양 옴으라들고……펴고…… – 「다시 海峽」에 나오는 "地球우로 기여가는것이/이다지도 호수운 것이냐!"와 비교해 보면, 지구와 바다를 대등하게 인식하고 있음을 알 수 있다. 그러니까 여기서의 '지구'도 '바다'를 가리키는 것으로 볼 수 있다.

毘盧峯

白樺수풀 앙당한 속에
季節이 쪼그리고 있다.

이곳은 肉體없는 寥寂한 饗宴場
이마에 시며드는 香料로운 滋養!

海拔五千呎우에 卷雲層우에
그싯는 성냥불!

東海는 푸른 揷畵처럼 움직 않고
누뤄 알이 참벌처럼 옴겨 간다.

戀情은 그림자 마자 벗쟈
산드랗게 얼어라! 귀뜨람이 처럼.

「毘盧峯」

* 『가톨릭청년』 1호(1933. 6)에 발표. 『조선중앙일보』(1934. 7. 3)에 「卷雲層우에
서-毘盧峯」라는 제목으로 재발표.

1. 앙당한 – '앙당그리다'에서 온 말로 추정. '앙당그리다'는 춥거나 겁이 나서 근
   육을 움츠러뜨리는 것을 뜻한다. '앙상한'과는 뉘앙스가 다르다.
2. 그싯는 – 긋는. 이 말에는 그어서 불꽃을 일으킨다는 의미도 들어 있는 듯하다.
   「琉璃窓」, 「촛불과 손」 등에도 나오는 시어다.
3. 누뤄 알 – 우박 알.
4. 산드랗게 – '산드랗게'는 '산드렇게'보다 음상이 작은 말이다. '산드렇게'는
   '산드러지다'와 '산득하다'가 결합된 말로 추정된다. '산드러지다'는 말쑥하고
   산뜻한 것을, '산득하다'는 몸의 느낌이 싸느란 것을 뜻한다. 그렇다면 '산드렇
   게'는 "차가우면서도 맵씨있게"라는 뜻이 될 것이다.

紅疫

石炭 속에서 피여 나오는
太古然히 아름다운 불을 둘러
十二月밤이 고요히 물러 앉다.

琉璃도 빛나지 않고
窓帳도 깊이 나리운 대로—
門에 열쇠가 끼인 대로—

눈보라는 꿀벌떼 처럼
닝닝거리고 설레는데,
어느 마을에서는 紅疫이 躑躅처럼 爛熳하다.

「紅疫」
* 『가톨릭청년』 22호(1935. 3)에 발표.
1. 닝닝거리고 – 잉잉거리는 소리를 내다. 이 말에는 소리만이 아니라 바쁘게 움직
   이는 동적인 형상도 포함되어 있다.
2. 躑躅처럼 爛漫하다 – 철쭉처럼 화려하게 피어난다. 비극적 정황을 아름다운 장
   면으로 바꾸어 표현하는 방법. 시집 미수록 작품인 「盜掘」에도 그러한 면이 보
   인다.

悲　劇

「悲劇」의 흰얼골을 뵈인적이 있느냐?

그손님의 얼골은 실로 美하니라.

검은 옷에 가리워 오는 이 高貴한 尋訪에 사람들은 부질없이 唐慌한다.

실상 그가 남기고 간 자최가 얼마나 香그럽기에

오랜 後日에야 平和와 슬픔과 사랑의 선물을 두고 간줄을 알었다.

그의 발옴김이 또한 표범의 뒤를 따르듯 조심스럽기에

가리어 듣는 귀가 오직 그의 노크를 안다.

墨이 말러 詩가 쉬지지 아니하는 이 밤에도

나는 맞이할 예비가 있다.

일즉이 나의 딸하나와 아들하나를 드린일이 있기에

혹은 이밤에 그가 禮儀를 가추지 않고 오량이면

문밖에서 가벼히 사양하겠다ㅡ

「悲劇」
* 『가톨릭청년』 22호(1935. 3)에 발표.
1. 발옴김이 - 발 옮김이.
2. 오량이면 - 올 양이면. 올 생각이면.

時 計 를 죽 임

한밤에 壁時計는 不吉한 啄木鳥!
나의 腦髓를 미신바늘처럼 쫏다.

殘忍한 손아귀에 감기는 간열핀 목아지여!
일어나 쫑알거리는「時間」을 비틀어 죽이다.

오늘은 열시간 일하였노라.
疲勞한 理智는 그대로 齒車를 돌리다.

나의 生活은 일찍 憤怒를 잊었노라.
琉璃안에 설레는 검은 곰 인양 하품하다.

「時計를죽임」
 *『가톨릭청년』 5호(1933. 10)에 발표.
1. 미신바늘 – 재봉틀 바늘. 재봉틀을 영어 machin의 음을 따서 미신이라고 불렀다.
2. 간열핀 – 가냘픈. '가냘픈' 보다 더 작고 연약한 음상이 담겨 있다.

꿈과 같은 이야기는 꿈에도 아니 하란다。

必要하다면 눈물도 製造할뿐!

高尙한 無表情이오 한趣味로 하노라!

어쩐던 定刻에 꼭 睡眠하는것이

明日! (日字가 아니어도 좋은 永遠한 婚禮!)

소리없이 옴겨가는 나의 白金체펠린의 悠悠한 夜間航路여!

---

3. 日字가 아니어도 좋은 永遠한 婚禮 – 이 구절은 매우 난해하다. 의미의 중심은 '영원한 혼례'에 있는 것 같다. 즉, '명일'은 어느 날로 확정될 수 없는 영원한 시간의 흐름에 해당한다는 의미로 해석된다.
4. 白金체펠렌 – '체펠린'(Zeppelin)은 비행선을 설계한 독일인의 이름인데 사람의 이름이 비행선을 가리키는 이름으로 전의되었다. '백금 체펠린'이란 백금으로 만든 비행선이라는 뜻이다. 시계가 멈춘 후에도 쉬지 않고 진행하는 시간의 움직임을 신비롭게 표현했다.

아 츰

프로펠러 소리……

鮮妍한 커─브를 돌아나갔다。

快晴! 짙푸른 六月都市는 한層階 떠자봤다。

나는 어깨를 골르다。

하픔……목을 뽑다。

붉은 숫닭모양 하고

피여 오르는 噴水를 물었다……뿜었다……

해ㅅ살이 한빨 白孔雀의 꼬리를 폈다。

睡蓮이 花瓣을 폈다。

「아츰」

* 『조선지광』 92호(1930. 8), 『문예월간』 2호(1931. 12)에 발표.

1. 快晴! 짙푸른 六月都市는 – 『조선지광』과 『문예월간』에는 "快晴濃綠의 六月도
   시는"으로 되어 있다. 감각적인 우리말 시어로 교체되었다.

2. 花瓣(화판) – 꽃잎.

옴으라첫던 잎새。 잎새。 잎새。

방울 방울 水銀을 바쳤다。

아아 乳房처럼 솟아오른 水面!

바람이 굴고 게우가 미끄러지고 하늘이 돈다。

좋은 아츰——

나는 랍하듯이 呼吸하다。

때는 구김살 없는 힌돛을 달다。

---

3. 게우 - 거위.

바 람

바람 속에 薔薇가 숨고
바람 속에 불이 깃들다.

바람에 별과 바다가 씻기우고
푸른 뫼ㅅ부리와 나래가 솟다.

바람은 音樂의 湖水.
바람은 좋은 알리움!

오롯한 사랑과 眞理가 바람에 玉座를 고이고
커다란 하나와 永遠이 펴고 날다.

「바람」
* 『동방평론』 1호(1932. 4)에 발표.
1. 알리움 – '알림'이 표기법에 맞는 말이다. 좋은 소식을 전해준다는 뜻.
2. 커다란 하나와 永遠이 펴고 날다 – 바람이 넓은 공간에 퍼지고 영원한 시간을 넘나든다는 사실을 표현했다.

琉璃窓 1

琉璃에 차고 슬픈것이 어린거린다.
열없이 붙어서서 입김을 흐리우니
길들은양 언날개를 파다거린다.
지우고 보고 지우고 보아도
새까만 밤이 밀려나가고 밀려와 부디치고,
물먹은 별이, 반짝, 寶石처럼 백힌다.
밤에 홀로 琉璃를 닥는것은
외로운 황홀한 심사 이어니,
고흔 肺血管이 찢어진 채로
아아, 늬는 山ㅅ새처럼 날러 갔구나!

「琉璃窓 1」
* 『조선지광』89호(1930. 1)에 「琉璃窓」으로 발표. 작품 끝에 '1929. 12'로 창작
  시점이 표시되어 있다.
1. 열없이 - 어색하고 겸연쩍게.
2. 길들은양 - 길이 든 것처럼. 매우 친숙한 느낌을 주는 모양.
3. 물먹은 별 - 『조선지광』에는 "물어린 별"로 되어 있다. 눈물에 흐려져 별이 커
   보이는 감각까지 나타내는 시어로 교체되었다.

琉璃窓 2

버어다 보니
아조 캄캄한 밤,
어험스런 뜰앞 잣나무가 자꼬 커올라간다。
돌아쉬서 자리로 갔다。
나는 목이 마르다。
또, 가까히 가
유리를 입으로 쫏다。
아아, 항안에 든 金붕어처럼 갑갑하다。
별도 없다, 물도 없다, 쉬파람 부는 밤。
小蒸汽船처럼 흔들리는 窓。
透明한 보라ㅅ빛 누뤼알 아,
이 알몸을 끄집어내라, 때려라, 부릇내랴

「琉璃窓 2」
* 『신생』 27호(1931. 1)에 「琉璃窓」으로 발표.
1. 어험스런 – '어험스럽다'의 활용. '어둡고 침침하게 보이는'의 뜻.
2. 쉬파람 – 휘파람. 여기서는 흥겨운 휘파람이 아니라 갑갑해서 토해내는 한숨 소
   리 같은 것이다.
3. 누뤼알 – 우박알.
4. 부릇내라 – 부서뜨려라.

나는 熱이 오른다.
뺨은 차라리 戀情스러워
유리에 부빈다, 차디찬 입마춤을 마신다.
쓰라리, 알연히, 그싯는 音響—
머언 꽃!
都會에는 고흔 火災가 오른다.

5. 알연히 – 부딪는 소리가 맑고 은은한 것.
6. 그싯는 – 긋는. 「毘盧峰」, 「촉불과 손」에도 나오는 시어다.
7. 머언 꽃 – 유리창에 비친 불꽃의 모습.

蘭 草

蘭草닢은
차라리 水墨色。

蘭草닢에
엷은 안개와 꿈이 오다。

蘭草닢은
한밤에 여는 담은 입술이 있다。

蘭草닢은
별빛에 눈떴다 돌아 눕다。

「蘭草」
* 『신생』 1931년 12월호에 발표.

蘭草닢은
드러난 팔구비를 어쩌지 못한다.

蘭草닢에
적은 바람이 오다.

蘭草닢은
칩다.

---

1. 칩다 - 춥다.

촉 불 과 손

고요히 그싯는 손씨로
방안 하나 차는 불빛!

올뺌이처럼 일어나 큰눈을 뜨당
별안간 꽃다발에 안긴듯이

※

그대의 붉은 손이
바위틈에 물을 따오다,
山羊의 젓을 옮기다,
簡素한 菜蔬를 기르다,
오묘한 가지에

「촉불과 손」
＊『신여성』 1931년 11월호에 발표.
1. 그싯는 – 긋는. 「毗盧峰」, 「琉璃窓 2」에도 나오는 시어다.
2. 손씨 – ‘솜씨’의 평북 방언이 ‘손씨’이긴 하지만, 여기서는 ‘손길’의 의미로 보
   는 것이 좋다.

薔薇가 피듯아

그대 손예 초밤불이 낳도당

---

3. 초밤불 – 처음으로 밤을 밝히는 불. 경건하고 순결한 분위기를 나타낸다.

海峽

砲彈으로 뚫은듯 둥그란 船窓으로

눈섶까지 부풀어 오른 水平이 엿보고,

큰악한 암닭처럼 품고 있다.

하늘이 함폭 나려 앉어

透明한 魚族이 行列하는 位置에

훗하게 차지한 나의 자리여!

망토 깃에 솟은 귀는 소라ㅅ속 같이

소란한 無人島의 角笛을 불고——

「海峽」

* 『가톨릭청년』 1호(1933. 6)에 「海峽의 午前二時」로 발표.

1. 함폭 – '함빡'(양이 차고도 남도록 넉넉한 모양)의 변형. 「歸路」에도 나오는 시
   어다.

2. 훗하게 – '훗훗하다'(딸린 사람이 없어서 아주 홀가분하다)에서 온 말일 것. 홀
   가분하게 혼자서.

海峽午前二時의 孤獨은 오롯한 圓光을 쓰다。

쉬어울리 없는 눈물을 少女처럼 짓쟝。

나의 靑春은 나의 祖國!
다음날 港口의 개인 날세여!

航海는 정히 戀愛처럼 沸騰하고
이께 어드메쯤 한밤의 太陽이 파여오른다。

---

3. 날세 – 날씨.

다시 海峽

正午 가까운 海峽은
白墨痕跡이 的歷한 圓周!

마스트 끝에 붉은旗가 하늘 보다 곱다。

甘藍 포기 포기 솟아 오르듯 茂盛한 물이랑이어!

班馬같이 海狗 같이 어여쁜 섬들이 달려오건만

一一히 만커주지 않고 지나가다。

海峽이 물거울 쓰러지듯 휘뚝 하였다。

海峽은 업지러지지 않었다。

「다시 海峽」

* 『조선문단』 4권 2호(1935. 7)에 발표.
1. 的歷한 – 또렷하고 분명하다.
2. 甘藍 – 양배추. '포기'라는 말로 볼 때 감람(橄欖)은 아니다.
3. 班馬 – 얼룩말. '斑馬'가 맞는 글자임.
4. 海狗 – 물개. 『조선문단』에는 일본말인 '옷도세이'로 표기.
5. 물거울 – 『조선문단』에는 '몸거울'로 표기. 거울 삼아 모양을 비추어보는 물.
6. 海峽은 업지러지지 않었다 – 「바다 2」의 "찰찰 넘치도록/돌돌 굴르도록"과 연관지어 생각하면, 바다를 커다란 그릇에 담긴 형상으로 비유하고 있음을 알 수 있다.

地球우로 기여가는것이
이다지도 호수운 것이냐!

외진곳 지날께 汽笛은 무서워서 운다.
당나귀커럼 懷凉하구나.

海峽의 七月해入살은
달빛 보담 시원랴.

火筒옆 사닥다리에 나란히
濟州島사투리 하는이와 아주 친했다.

수불 한살 쩍 첫 航路에
戀愛보담 담배를 먼커 배웠다.

---

7. 地球우로 기여가는 것이 – 「바다 2」와 관련지어 생각할 때, 바다와 지구를 거의 대등하게 생각하고 있음을 알 수 있다.
8. 호수운 – '호습다'(무엇을 타고 내려올 때 짜릿한 느낌이 드는 것)의 활용. 『백록담』에 수록된 「폭포」에도 나오는 시어다.

地　圖

地理敎室專用地圖는
다시 돌아와 보는 美麗한 七月의庭園。

千島列島附近 가장 깊푸른 곳은 眞實한 바다 보다 깊다。

한가운데 검푸른 點으로 뛰여들기가 얼마나 恍惚한 諧謔이냐!

椅子우에서 따이빙姿勢를 取할수있는 瞬間、

敎員室의 七月은 眞實한 바다보담 寂寞하다。

「地圖」

* 「조선문단」 4권 2호(1935. 7)에 발표.

1. 千島列島 – 일본 북부의 치시마 열도. 지금의 쿠릴열도.

2. 椅子우에서 따이빙姿勢를 取할수있는 瞬間 – 지도의 검푸른 한 점 속으로 다이
　빙하고 싶은 충동을 느낀다는 유머러스한 고백이다.

歸　路

舖道로　나리는　밤안개에
어깨가　커윽이　무거움다。

이마에　觸하는　쌍그란　季節의　입술
거리에　燈불이　함폭!　눈물　겨구낭

케비도　가고　薔薇도　숨고
마음은　안으로　喪章을　차다。

걸음은　뜰로　드딀데　드디는　三十적　分別
咏嘆도　아닌　不吉한　그림자가　길게　누여다。

밤이면　으레　홀로　돌아오는
붉은　술도　부르지않는　寂寞한　習慣이여!

「歸路」
* 『가톨릭청년』 5호(1933. 10)에 발표.
1. 쌍그란 - 「毘盧峰」에 나오는 '산드랗게' 와 관련된 말로 '쌍그렇다' 의 활용이다.
　'쌍그렇다' 는 찬바람이 불 때 베옷 같은 것을 입은 모양이 매우 쓸쓸하게 보이는
　것을 뜻한다. 이마에 감촉되는 대기의 느낌이 차갑고 쓸쓸한 것을 의미한다.
2. 함폭 - '함빡' (양이 차고도 남도록 넉넉한 모양)의 변형. 「海峽」에도 나오는 시
　어다.
3. 드디는 - 디디는.
4. 누이다 - '누이다' 는 원래 '눕게 한다' 는 뜻의 타동사지만, 여기서는 '눕는다',
　'쓰러진다' 는 뜻의 자동사로 쓰였다.

II

五月消息

梧桐나무 꽃으로 불밝힌 이곳 첫여름이 그립지 아니한가?

어린 나그네 꿈이 시시로 파랑새가 되여오려니.

나무 밑으로 가나 책상 턱에 이마를 고일 때나,

네가 남기고 간 記憶만이 소근 소근거리는구나.

모초롬만에 날러온 소식에 반가운 마음이 울렁거리여

가여운 글자마다 먼 黃海가 남실거리나니.

……나는 갈메기 같은 종선을 한창 치달리고 있다……

快活한 五月넥타이가 버쳐 난데없는 順風이 되여,

하늘과 빡닿은 푸른 물결우에 솟은,

「五月消息」
* 『조선지광』 68호(1927. 6)에 발표. '1927. 5. 京都' 라고 창작 시점 표기.
1. 종선 – 큰 배에 딸린 작은 배.
2. "나는 갈메기 같은 종선을 한창 치달리고 있다" – 네 편지로 인해 넘실거리는
   황해가 떠오르자 그곳을 향해 배를 타고 달려가고 싶은 자신의 마음을 표현한
   것이다.
3. 내처 – 어떤 일끝에 잇달아. 「船醉」, 『백록담』에 실린 「流線哀傷」 등에도 나오
   는 시어다.

외따른 섬 로만틕를 찾어 갈가낭.

일본말과 아라비아 글씨를 아르키러간

찍그만 이 페스탈로치야, 피꼬리 같은 선생님 이야,

날마다 밤마다 쉽들레가 근심스런 風浪에 씹히는가 하노니,

은은히 밀려 오는듯 머얼리 우는 오르간 소리……

---

4. 아르키러간 – 가르치러 간. 『조선지광』에는 '배우러간' 으로 표기되어 있다.

이른 봄 아침

귀에 설은 새소리가 새여 들어와

참한 은시게로 자근자근 얻어맞은듯,

마음이 이일 커일 보살필 일로 갈러커,

수은방울처럼 동글 동글 나동그라커,

춤기는 하고 진정 일어나기 싫어랑.

　　※

쥐나 한마리 훌켜 잡을 듯이

마다지를 살포一시 열고 보노니

사루마다 바람 으론 오호— 치워랑.

마른 새삼넝쿨 새이 새이로

빠알간 산새새끼가 물레스북 드나들듯.

　　※

「이른봄아침」
 * 『신민』22호(1927. 2)에 발표. '1926. 2. 京都에서' 라고 창작 시점 표기.
　『시문학』1호(1930, 3)에 재발표.
1. 설은 – 낯선. 익지 않은.
2. 참한 – 얌전하고 말쑥한.
3. 사루마다 – 바지 속에 입는 일본식 잠방이.

새색끼 와도 언어수작을 능히 할가 싶어랑.
날카롭고도 보드라운 마음씨가 파다거리여.
새색끼와 내가 하는 에스페란토는 회파람이랑.
새색끼야, 한종일 날어가지 말고 울어나 다오,
오늘 아침에는 나이 어린 코끼리처럼 외로워랑.

※

산봉오리——커쪽으로 돌린 푸로우ᅄ일——
페랑이꽃 빛으로 불그레 하다,
씩 씩 뽑아 올라간, 밋밋 하게
깎어 세운 대리석 기둥 인듯,
간ㅅ뎅이 갈은 해가 익윳거리는
아침 하늘을 일심으로 떠바치고 섰다,
봄ㅅ바람이 허리띄처럼 휘이 감돌아쉬서
사왈랑 사알랑 날려 오노니,
새색끼도 포르르 포르르 불려 왔구나.

---

4. 에스페란토 – 폴란드의 자멘호프가 개발한 국제어.
5. 푸로우ᅄ일 – 프로필(profile). 옆 얼굴.
6. 『신민』과 『시문학』에는 다음과 같은 단락이 더 붙어 있는데, 앞의 시상 전개와는 어울리지 않음을 알 수 있다.
   산에서 새색기가 차저를 왔다./ 알간   네트를 쓰고 왔다./쌔알간 쏜네트가 하나 잇섯스면—/사철 발버슨 어린 누이 씨워 주고/호·호·호 손 치며 놀녀대볼가./내 어린 누이도/산에서 온 조그마한 손님이여니

鴨　川

鴨川 十里ㅅ벌에
해는 저물어…… 저물어……

날이 날마다 님 보내기
목이 자졌다…… 여울 물소리……

찬 모래알 쥐여 짜는 찬 사람의 마음,
쥐여 짜락. 바시여락. 시언치도 않어라.

역구풀 욱어진 보금자리
뜸북이 홀어멈 울음 울고,

「鴨川」
* 『학조』 2호(1927. 6)에 발표. '1923. 7. 京都鴨川에서' 라고 창작 시점 표기. 『시
　문학』 1호(1930. 3)에 「京都鴨川」으로 재발표.
1. 鴨川 – 교토 시내를 흐르는 하천의 이름. 가모가와.
2. 목 – 여울목. 여울의 턱진 곳.
3. 자졌다 – 물이 줄어들었다.

졔비 한쌍 떠ㅅ다,
비마지 춤을 추엉[4]

수박 냄새 품어오는 저녁 물바람.
오랑쥬[5] 껍질 씹는 젊은 나그네의 시름.

鴨川 十里ㅅ벌에
해가 저믈어…… 저믈어……

---

4. 비마지 춤 – 비를 맞이하는 춤.
5. 오랑쥬 – 오렌지(orange)의 불어 발음. 지용의 이국정조가 드러나는 부분. 「슬픈 印象畵」에도 나오는 시어다.

柘榴

薔薇꽃 처럼 곱게 피여 가는 화로에 숫불,
立春때 밤은 마른풀 사르는 냄새가 난다.

한 겨울 지난 柘榴열매를 쪼기여
紅寶石 같은 알을 한알 두알 맛 보노니,

金붕어 처럼 어린 녀릿 녀릿한 느낌이여.
透明한 옛 생각, 새론 시름의 무지개여,

이 열매는 지난 해 시월 상ㅅ달, 우리 둘의
조그마한 이야기가 비롯될 때 익은것이어니.

자근아씨야, 가녀린 동무야, 남몰래 깃들인

「柘榴」
* 『조선지광』 65호(1927. 3)에 발표. '1925. 4' 라고 창작 시점 표기. 『시문학』 3
  호(1931. 10)에 재발표.
1. 柘榴 – 한자 '柘' 는 자전에 '산뽕나무 자' 로 음과 훈이 나온다. 그러나 산뽕나무
   와 석류는 전혀 다른 식물이다. 그래서 나는 이 한자를 그냥 '석류' 로 읽는 것이
   옳다고 본다. 요컨대 '石榴' 라는 한자 대신 '柘榴' 라고 쓴 것으로 보는 것이다.
2. 새론 – 새로운.
3. 녀릿 녀릿한 – 느릿느릿한. 느리면서도 가냘픈 느낌이 포함되어 있다.
4. 시월 상ㅅ달 – 햇곡식을 신에게 드리기에 가장 좋은 달이라는 뜻으로 '시월' 을
   예스럽게 이르는 말.

네 가슴에 조름 조는 옥토끼가 한쌍.

옛 못 속에 헤염치는 힌고기의 손가락, 손가락,

외롭게 가볍게 스스로 떠는 銀실, 銀실,

아아 柘榴알을 알알히 비추어 보며

新羅千年의 푸른 하늘을 꿈꾸노니.

發　熱

커마 끝에 쉬린 연기 따려
葡萄순이 기여 나가는 밤, 소리 없이,
가믈음 땅에 시며든 더운 김이
등에 쉬리나니, 훈훈히,
아아, 이 애 몸이 또 달어 오르노나.
가쁜 숨결을 드내 쉬노니, 박나비 처럼,
가녀린 머리, 주사 찍은 자리에, 입술을 붙이고
나는 중얼거리다, 나는 중얼거리다,
부끄러운줄도 모르는 多神教徒와도 같이.
아아, 이 애가 애자지게 보채노나!
볼도 약도 없는 밤,
아득한 하늘에는
별들이 참벌 날으듯 하여라.

「發熱」
* 『조선지광』 69호(1927. 7)에 발표. '1927. 6. 沃川'으로 창작 시점 표기.
1. 기여 나가는 – 『조선지광』에는 '버더나가는'으로 표기되었다.
2. 드내 쉬노니 – 들이쉬고 내쉬노니.
3. 박나비 – 박나방, 박각시.
4. 애자지게 – '애절하게'와 '자지러지게'의 뜻이 복합된 말로, 말 못하는 갓난애
　　가 자신의 아픔을 울음으로 애처롭게 토해내는 모습을 나타낸 것.

鄕 愁

넓은 벌 동쪽 끝으로
옛이야기 지줄대는 실개천이 회돌아 나가고,
얼룩백이 황소가
해설피 금빛 게으른 울음을 우는 곳,

—그 곳이 참하 꿈엔들 잊힐리야.

질화로에 재가 식어지면
뷔인 밭에 밤바람 소리 말을 달리고,
엷은 조름에 겨운 늙으신 아버지가
짚벼개를 돋아 고이시는 곳,

「鄕愁」
* 『조선지광』 65호(1927. 3)에 발표. '1923. 3'으로 창작 시점 표기.
1. 지줄대는 – 낮은 목소리로 자꾸 지껄이는.
2. 회돌아 – '휘돌다'보다 어감이 작은 말. 『두시언해』에 '回白頭'를 '셴 머리를 회도로노라'라고 번역한 것을 근거로 돈다는 뜻의 한자 '回'가 결합된 말로 보기도 함.
3. 얼룩백이 황소 – '얼룩빼기'가 표준어. 토종 한우인 칡소는 온몸에 칡덩굴 같은 어룽어룽한 무늬가 있다. 칡소가 아니라 하더라도 누렁 소도 털의 결이 엇갈리기 때문에 얼룩얼룩해 보인다.
4. 해설피 – 어원적으로는 '해가 설핏하다'에서 온 말이다. '설핏하다'는 "해가 져서 밝은 기운이 약하다"는 뜻이다. 그러니까 이 시의 문맥 속에서 '해설피'는 "해가 설핏한 분위기로", 즉 "약간 어둡고 낮은 음색으로"라는 뜻이다. 실제로 해가 설핏 기우는 정경을 나타낸 것이 아니며, "헤프고 슬프게"라는 뜻도 아니다.

─그 곳이 참하 꿈엔들 잊힐리야.

흙에서 자란 내 마음
파아란 하늘 빛이 그립어
함부로 쏜 활살을 찾으려
풀섶 이슬에 함추름 휘적시든 곳,

─그 곳이 참하 꿈엔들 잊힐리야.

傳說바다에 춤추는 밤물결 같은
검은 귀밑머리 날리는 어린 누의와
아무러치도 않고 여쁠것도 없는
사철 발벗은 안해가
따가운 해ㅅ살을 등에지고 이삭 줏던 곳,

─그 곳이 참하 꿈엔들 잊힐리야.

---

5. 함부로 - 『조선지광』에는 "되는대로"로 표기되어 있다.문맥에 적합한 시어로
   교체되었다.
6. 함추름 - '함초롬하다'(담뿍 젖거나 서리어 있는 모양이 차분하다)의 변형. 「엽
   서에 쓴 글」에도 나오는 시어다.

하늘에는 석근 별

알수도 없는 모래성으로 발을 옮기고,

서리 까마귀 우지짖고 지나가는 초라한 집웅,

흐릿한 불빛에 돌아 앉어 도란 도란거리는 곳,

──그 곳이 참하 꿈엔들 잊힐리야.

---

7. 석근 ─『조선지광』에도 '석근'으로 표기되어 있으나 『지용시선』(을유문화사, 1946)에 '성근'으로 표기되었다. 중세국어에 '섯긔다'가 "疎(성기다/성글다)"의 뜻으로 사용된 예를 볼 때 "섞여 있는"의 뜻보다는 "듬성듬성한"의 뜻으로 보는 것이 문맥에 맞을 것 같다.

8. 서리 까마귀 ─ '서리병아리'(서리 내릴 때 부화되어 약한 병아리)와 연관짓기도 하는데, 까마귀는 봄에서 여름 사이에 부화되기 때문에 서리 내릴 때 나오는 까마귀는 없다. 단순하게 생각하면 "서리 맞은 까마귀"로 볼 수 있다. 이것을 한자어로는 상조(霜鳥)라고 한다. 또 보통 까마귀보다 작고 배와 목 부분만 흰 '갈까마귀'가 있는데, 그 흰 모습을 서리와 관련짓거나 '갈'을 '가을'의 뜻으로 알고 '서리 까마귀'라고 불렀을 수 있다.

甲板 우

나지익 한 하늘은 白金빛으로 빛나고

물결은 유리판 처럼 부서지며 끓어오른다.

동글동글 굴러오는 짠바람에 뺨마다 고흔피가 고이고

배는 華麗한 김승처럼 짓으며 달려나간다.

문득 앞을 가리는 검은 海賊같은 외딴섬이

흘어켜 날으는 갈메기떼 날개 뒤로 문짓 문짓 물러나가고,

어디로 돌아다보든지 하이한 큰 팔구비에 안기여

地球덩이가 동그랐다는것이 길겁구나.

넥타이는 시언스럽게 날리고 쉬로 기대슨 어깨에 六月볕이 시며들고

한없이 나가는 눈人길은 水平線 저쪽까지 旗폭처럼 펴덕인다.

※

「甲板우」

* 『문예시대』 2호(1927. 1)에 발표. '1926년여름 玄海灘우에서' 라고 창작 시점 표기.

『시문학』 2호(1930. 5)에 재발표.

1. 華麗한 – 『문예시대』에는 '크낙한' 으로 표기되었다. 훨씬 감각적인 시어로 교체되었다.

2. 문짓 문짓 – 망설이고 주저하는 모습을 '문칫문칫거리다' 고 한다. 섬이 조금씩 뒤로 물러나는 모양을 표현하였다.

바다 바람이 그대 머리에 아른대는구료,

그대 머리는 슬픈듯 하늘거리고。

바다 바람이 그대 치마폭에 니치 대는구료,

그대 치마는 부끄러운듯 나붓기고。

그대는 바람 보고 꾸짓는구료。

※

별안간 뛰여들삼어도 설마 죽을라구요

빠나나 껍질로 바다를 놀려대노니,

젊은 마음 꾀이는 물구비

두리 합피 굽어보며 가비얍게 웃노니。

---

3. 니치 대는구료 – 이 말은 '니치대다' 의 활용으로, 시집에 수록되지 않은 「녯니약이 구절」에도 나오는 시어다. 이 말은 '이치다' ('이아치다' 의 준말로 거치적거리거나 못된 짓으로 일을 방해한다는 뜻)의 방언으로 보인다. 바다 바람이 여인의 치마폭을 들추는 것을 재미있게 표현한 것이다.
4. 뛰여들삼어도 – 뛰어든다 하더라도

太極扇

이 아이는 고무뿔을 따려
흰山羊이 쉬로 부르는 푸른 잔디 우로 달리는지도 모른다。

이 아이는 범나비 뒤를 그리여
소소라치게 위태한 절벽 갓을 내닷는지도 모른다。

이 아이는 내처 날개가 돋혀
꽃잡자리 제자를 슨 하늘로 도는지도 모른다。

(이 아이가 내 무릎 우에 누은것이 아니라)

새와 꽃, 인형 납병정 기관차들을 거나리고
모래밭과 바다。 달과 별사이로

「太極扇」
* 『조선지광』70호(1927. 8)에 「太極扇에 날니는 쑴」으로 발표. '1927. 6. 沃川'
  으로 창작 시점 표기.
1. 갓 – 끝. 가장자리.
2. 제자를 슨 – 제자(題字–책의 머리나 족자 · 비석 따위에 쓴 글자)를 쓴. 즉 잠자
  리가 하늘을 도는 모양을 글자를 쓴다고 표현한 것이다.

다리 긴 王子처럼 다니는것이려니,

(나도 일즉이, 점두록 흐르는 강가에

이 아이를 뜻도 아니한 시름에 겨워

풀피리만 찢은일이 있다)

이 아이의 비단결 숨소리를 보라.

이 아이의 씩씩하고도 보드라운 모습을 보라.

이 아이 입술에 깃드란 박꽃 웃음을 보라.

(나는, 쌀, 돈셈, 집웅샐것이 문득 마음 키인다)

반디入불 하릿하게 날고

지렁이 기름불 만치 우는 밤,

모와 드는 훗훗한 바람에

슬프지도 않은 태극선 자루가 나붓기다.

---

3. 점두록 – 저물도록
4. 하릿하게 – 약간 흐릿하게
5. 모와 드는 – 모여 드는

카페·프란스

옴겨다 심은 棕櫚나무 밑에
빗두루 슨 장명등,
카페·프란스에 가쟈.

이 놈은 루바쉬카
또 한놈은 보헤미안 넥타이
뺏적 마른 놈이 압장을 섰다.

밤비는 뱀눈 처럼 가는데
페이브멘트에 흐늙이는 불빛
카페·프란스에 가쟈.

이 놈의 머리는 빗두른 능금
또 한놈의 心臟은 벌레 먹은 薔薇
제비 처럼 젖은 놈이 뛰여 간다.

「카페·프란스」
* 『학조』 1호(1926. 6)에 발표.
1. 옴겨다 심은 棕櫚나무 – 외래종인 종려나무를 옮겨 심었다는 이 첫구절은 '나라
   도 집도 없단다"로 요약되는 이 시의 주제를 암시하는 복선이다.
2. 장명등 – 長明燈. 처마 끝이나 마당 기둥에 밤새도록 켜 두는 등.
3. 루바쉬카 – 루바슈카(rubashka). 옷깃을 왼쪽 앞가슴에서 단추로 여미고 허리
   를 끈으로 매는, 블라우스풍의 러시아 남성 민속 의상.
4. 보헤미안 넥타이 – 스카프 모양의 폭이 넓은 넥타이.
5. 페이브멘트 – 포장 도로(pavement).
6. 흐늙이는 – '흐느끼는' 이 아니라 '흐느적거리는' 의 뜻으로 보아야 한다. 『학조』
   에는 '흐늑이는' 으로 되어 있다.
7. 빗두른 – 『학조』에는 '갓익은' 으로 표기되어 있다. 문맥에 호응하는 시어로 교
   체되었다.

※

『오오 패롵(鸚鵡) 쇠방! 꾿 이브닝!』

『꾿 이브닝!』(이 친구 어떠하시오?)

鬱金香 아가씨는 이밤에도
更紗 커―틴 밑에서 조시는구료!

나는 子爵의 아들도 아모것도 아니란다.
남달리 손이 희여서 슬프구나!

나는 나라도 집도 없단다
大理石 테이불에 닷는 내뺌이 슬프구나!

오오, 異國種강아지야
내발을 빨어다오.
내발을 빨어다오.

---

8. 『꾿 이브닝!』 – 고딕체로 인쇄된 이 부분은 앵무새의 따라하는 소리를 나타낸 것이다.

9. 鬱金香 아가씨 – 『학조』에는 '추립브(鬱金香)아가씨'로 표기되어 있다. 튤립이라는 별명을 가진 아가씨라는 뜻인데, '패롵 서방'이라는 시어와 관련지어 보면 튤립을 의인화한 표현 같기도 하다.

10. 내발을 빨어다오 – 『학조』에는 '내발을 할터다오'로 표기되어 있다. 더 적극적인 뜻의 시어로 교체되었다. 나라도 집도 없는 자기 자신이나 본토를 떠나온 이국종 강아지나 비슷한 처지로 보고 위안을 얻고자 한 것이므로 적극적인 뜻이 더 어울린다.

슬픈 印像畵

수박냄새 품어 오는
첫녀름의 저녁 때……

먼 海岸 쪽
길옆나무에 느러 슨
電燈。電燈。
헤엄처 나온듯이 깜박어리고 빛나노나。

沉鬱하게 울려 오는
築港의 汽笛소리……汽笛소리……
異國情調로 퍼덕이는
稅關의 旗入발。旗入발。

「슬픈 印象畵」
* 「학조」1호(1936. 6)에 발표.

쎄멘트 깐 人道側으로 사폿 사폿 옴기는

하이한 洋裝의 點景!

부줄없이 오랑쥬 껍질 씹는 시름……

그는 홀러가는 失心한 風景이여니……

아아, 愛施利·黃!

그뎌는 上海로 가는구료……

---

1. 오랑쥬 ─ 오렌지(orange)의 불어식 발음. 「鴨川」에도 나오는 시어다.
2. 愛施利·黃 ─ '애시리'는 서구 여성의 이름으로 많이 쓰이는 Ashley의 한자식 표기. 이 시 전체의 이국정조에 부합하는 이름이다.

조 약 돌

조약돌 도글 도글……
그는 나의 魂의 조각 이러뇨.

알는 피에로의 셜음과
첫길에 고달픈
靑제비의 푸념 겨운 지줄댐과,

피집어 아즉 붉어 오르는
피에 맺혀,
비날리는 異國거리를
嘆息하며 헤매노나。

조약돌 도글 도글……
그는 나의 魂의 조각 이러뇨.

「조약돌」
* 『동방평론』 4호(1932. 7)에 발표. 작품의 내용으로 볼 때 쿄토 유학 시절의 작품
  으로 추정된다.
1. 알는 피에로— 병을 앓는 피에로(pierrot—어릿광대). 현실과 화합하지 못하고 떠
  도는 자신의 처지를 비유하였다.

피 리

자네는 人魚를 잡아
아씨를 삼을수 있나?

달이 이리 蒼白한 밤엔
따뜻한 바다속에 旅行도 하려니.

자네는 琉璃같은 幽靈이 되여
뼈만 앙사하게 보일수 있나?

달이 이리 蒼白한 밤엔
風船을 잡어타고
花粉날리는 하늘로 둥 둥 떠 오르기도 하려니.

아모도 없는 나무 그늘 속에서
피리와 단둘이 이야기 하노니.

「피리」
 * 『시문학』 2호(1930. 5)에 발표.
1. 앙사하게 – 앙상하게

따알리아

가을 볕 째앵 하게
버려 쪼이는 잔디밭.

함빡 피여난 따알리아.
한낮에 함빡 핀 따알리아.

시약시야, 네 살빛도
익을 띠로 익었구나.

첫가슴과 붓그럼성이
익을 대로 익었구나.

「따알리아」
  * 『신민』 19호(1926. 11)에 「Dahlia」로 발표. '1924. 11. 京都植物園에서' 라고 창
    작 시점 표기. 『시문학』 1호(1930.3)에 재발표.
  1. 붓그럼성 – 부끄럼을 잘 타는 성질

시약시야, 순하디 순하여 다오.

암사심 처럼 뛰여 다녀 보아랑.

불오리 떠 돌아 다니는

힌 못물 같은 하눌 밑에,

함빡 피여 나온 따알리아。

피다 못해 터저 나오는 따알리아。

紅 椿

椿나무 꽃 피뱉은 듯 붉게 타고
더딘 봄날 반은 기울어
볼방아 시름없이 돌아간다.

어린아이들 제춤에 뜻없는 노래를 부르고
솜병아리 양지쪽에 모이를 가리고 있다.

아지랑이 조름조는 마을길에 고달펴
아름 아름 알어질 일도 몰라서
여윈 볼만 만지고 돌아 오노니.

「紅椿」
* 『신민』 19호(1926. 11)에 발표. '1924. 4. 鴨川上流에서'라고 창작 시점 표기.
  『시문학』 2호(1935. 5)에 재발표.
1. 椿나무 꽃 – 동백꽃. '椿'은 자전에 "참죽나무 춘"으로 훈이 나오지만, 뒤마 퓌
   스(Alexandre Dumas fils)의 소설 "La Dame aux Camélias"를 일본인들이
   '椿姬'라고 번역한 사실에서 동백꽃을 가리키는 글자임을 알 수 있다.
2. 제춤에 – 제 흥에.

저 녁 해ㅅ살

볼 피여 으르듯하는 슬
한숨에 키여도 아아 배곺아랑.

수ㅅ저분 듯 노힌 유리 컵
바쟉 바쟉 씹는대도 배곺으릿.

네 눈은 高慢스런 黑단초.
네입술은 쉬운한 가을철 수박 한점.

빨어도 빨어도 배곺으릿.

슬집 창문에 붉은 저녁 해ㅅ살
연연하게 란다, 아아 배곺아락.

「저녁해ㅅ살」
* 『시문학』 2호(1930, 5)에 발표. '1926'으로 창작 시점 표기.
1. 키여도 – 들이켜도.
2. 수저븐 – 수줍은
3. 연연하게 – 娟娟하게. 산뜻하고 곱게.

뺏 나 무 열 매

옷 입술에 그 뺏나무 열매가 다 나섰니?

그래 그 뺏나무 열매가 지운듯 스러젔니?

그끄케 밤에 늬가 참버리처럼 닝닁거리고 간뒤로—

불빛은 송화ㅅ가루 삐운듯 무리를 둘러 쓰고

문풍지에 아름푸시 어름 풀린 먼 여울이 떠는구나.

바람세는 연사홀 두고 유달리도 밋그러워

한창때 삭신이 덧나기도 쉬웁단다.

외로운 쉼 강화도로 떠날 림시 해서—

옷 입술에 그 뺏나무 열매가 안나써써 쓰겠니?

그래 그 뺏나무 열매를 그대로 달고 가랴니?

「뺏나무열매」

* 『조선지광』 67호(1927. 5)에 발표. 제목 밑에 "To Sister P—"라고 표기되어 있고 '1927. 3. 京都'로 창작 시점이 표기되어 있다. 『시문학』 3호(1931. 10)에 재발표할 때는 "엇던 脣腫을 알른 이에게 餞別하기 위한"이라는 부제가 붙었다.

1. 참버리처럼 – 참벌처럼.

2. 삐운듯 – 끼어 있는 듯. 뿌린 듯. '끼다'의 고어형은 '뻬다'다. 이것이 방언에 '삐다'의 형태로 남아 있다면, '삐운'은 '끼게 한'의 뜻이 될 것이다. 「船醉」에 나오는 '삐우고'와 함께 생각하면 뜻이 더 쉽게 파악된다.

3. 아름푸시 – 어렴풋이. 희미하고 막연하게.

4. 바람세 – 바람의 형세.

5. 떠날 림시 해서 – 『조선지광』에는 이 구절 앞에 "비둘기 날어가듯"이 들어 있었는데 시집에는 뺐다. 불필요한 수식어를 정리한 것이다. '림시'는 임시(臨時), 즉 무엇을 할 때를 말하니, 이 구절은 '떠날 그 때가 되어서'라는 뜻이다.

엽서에 쓴 글

나비가 한마리 날러 들어온 양 하고

이 종히ㅅ장에 불빛을 돌려대 보시압。

키대로 한동안 파다거리 오리다。

―대수롭지도 않은 산목숨과도 같이。

그러나 당신의 열적은 오라범 하나가

먼데 갓가운데 가운데 불을 헤이며 헤이며

찬비에 함추를 휘적시고 왔오。

―스럽지도 안은 이야기와도 같엉。

누나, 검은 이밤이 다 희도록

찹한 뮤―쓰처럼 쥬므시압。

海拔 二千메이트 산 봉오리 우에서

이케 바람이 나려 웁니다。

「엽서에쓴글」
* 『조선지광』67호(1927. 5)에 발표. '1927. 3. 京都'로 창작 시점이 표기.
1. 보시압 – 『조선지광』에는 '보시오'로 되어 있다. 훨씬 압축적이고 여운 있는 시어로 교체되었다.
2. 열적은 – '열없다'와 같은 말. 어색하고 멋적은.
3. 함추름 – '함초롬하다'(담뿍 젖거나 서리어 있는 모양이 차분하다)의 변형. 「鄕愁」에도 나오는 시어다.
4. 스럽지도 안은 – '스럽다'는 접미사이므로 이 말 자체만으로는 뜻이 통하지 않기 때문에 앞에 어떤 말이 탈락된 것이 아닌가 하는 의견도 있었다. 그러나 이것이 잘못된 표기라면 『조선지광』 발표분을 시집에 수록할 때 다른 시어를 수정하면서 이 부분을 그대로 놓아두었을 리가 없다. '스럽다'는 '서럽다'의 충청방언으로 사전에 나온다.
5. 뮤―쓰처럼 쥬무시압 – 『조선지광』에는 "하나님처럼 주므십시오"로 되어 있었다. 훨씬 함축적이고 신비감을 안겨주는 시어로 교체되었다.

船醉

배난간에 기대 서서 회파람을 날리나니

새까만 등솔기에 八月달 해ㅅ살이 따가워라.

金단초 다섯개 달은 자랑스러움, 비쳐 시달품.

아리랑 쪼라도 찾어 볼가, 그쯤날 불으던,

아리랑 쪼 그도 다 닞었읍네, 인제는 버얼서,

금단초 다섯개를 삐우고 가쟈, 파아란 바다 우에.

담배도 못 피우는, 숭닭같은 머언 사랑을

홀로 피우며 가노니, 늬긋 늬긋 흔들 흔들리면서.

「船醉」
* 『학조』 2호(1927. 6)에 발표. 『시문학』 1호(1930. 3)에 재발표.
1. 새까만 등솔기 - 검은 교복을 입었음을 나타내기 위한 표현.
2. 시달품 - 간단히 생각하면 '고달픔'과 유사한 뜻임을 문맥에서 짐작할 수 있다. 그런데 '시달리다'와 '품'의 결합으로 본다면 "시달리는 데서 오는 수고로움"의 뜻을 도출할 수 있다.
3. 삐우고 - 끼우고. 「뺏나무열매」에도 '삐운듯'이라는 시어가 나온다.
4. 숭닭같은 - 수탉 같은. 『백록담』의 「船醉」에 나오는 '얼빠진 장닭'이라는 말과 함께 생각하면 이 비유의 뜻을 이해할 수 있다. 정신이 나간 것처럼 멍한 상태를 나타낸 것이리라.
5. 늬긋 늬긋 - 뱃멀미에 속이 느글거리는 것을 표현하였다. 「슬픈 汽車」에도 나오는 시어다.

봄

외ㅅ가마귀 울며 나른 알로
허울한 돌기둥 넷이 스고,
이끼 흔적 푸르른데
黃昏이 붉게 물들다.

거북 등 솟아오른 다리
길기도한 다리,
바람이 水面에 옮기니
휘이 비껴 쓸리다.

「봄」
* 『동방평론』 1호(1932. 4)에 발표.
1. 외ㅅ가마귀 – 홀로 나는 까마귀.
2. 허울한 – 낡고 허름한. 『백록담』의 「삽사리」에도 나오는 시어다.

슬 픈 汽 車

우리들의 汽車는 아지랭이 남실거리는 섬나라 봄날 왼하로를 익살스런 마드로스 파

이프로 피우며 간단다.

우리들의 汽車는 느으릿 느으릿 유월소 걸어가듯 걸어 간단다.

우리들의 汽車는 노오란 배추꽃 비탈밭 새로

헐레벌떡어리며 지나 간단다.

나는 언제든지 슬프기는 슬프나마 마음만은 가벼워

나는 車窓에 기면 대로 회파람이나 날리쟝.

먼데 산이 軍馬처럼 뛰여오고 가까운데 수풀이 바람처럼 불려 가고

유리판을 펼친듯, 瀨戶內海 퍼언한 물 물. 물. 물.

손까락을 담그면 葡萄빛이 들으렷다.

「슬픈汽車」

* 『조선지광』 67호(1927. 5)에 발표. '1927. 3. 日本東海道線車中' 이라고 창작 시

입술에 적시면 炭酸水처럼 펐으렸다.

복스런 돛폭에 바람을 안고 뭇배가 팽이 처럼 밀려가 다 간,

나비가 되여 날러간다.

나는 車窓에 기댄대로 옥토끼처럼 고마운 잠이나 들쟝

靑만틀 깃자락에 마담·R의 고달픈 뺌이 붉으레 피였다, 고은 石炭불처럼 이글거린다.

당치도 않은 어린아이 잠재기 노래를 부르심은 무슨 뜻이뇨?

잠 들어랑.

가여운 버 아들아.

잠 들어랑.

나는 아들이 아닌것을, 옷수염 자리 잡혀가는, 어린 아들이 버얼서 아닌것을.

나는 유리쪽에 갗가한 입김을 비추어 내가 케일 좋아하는 이름이나 그시며 가쟝

나는 뇌굿 뇌굿한 가슴을 蜜柑쪽으로나 씻어나리쟝

점 표기. 도카이도 본선(東海道本線)은 도쿄에서 고베(神戸)에 이르는 기차 노선.
1. 간 단 다 - 기차가 앞으로 나아가는 느낌을 전달하려는 의도적인 띄어쓰기.

대수풀 울타리마다 妖艶한 官能과 같은 紅椿이 피맺혀 있다.

마당마다 솜병아리 털이 폭신 폭신 하고,

집웅마다 연기도 아니뵈는 해ㅅ볕이 라고 있다.

오오, 개인 날세야, 사랑과 같은 어질머리야, 어질머리야.

靑만틀 깃자락에 마담 R의 가여운 입술이 여태껏 떨고 있다.

누나다운 입술을 오늘이야 싫것 쥘하며 갑노라.

나는 언케든지 슬프기는 슬프나마,

오오, 나는 차보다 더 날려 가랴지는 아니하란다.

2. 瀨戶內海 – 세토나이카이. 일본 혼슈(本州) 서부와 규슈(九州) · 시코쿠(四國)에 에워싸인 내해.
3. 퍼언한 – '펀하다' (아득하게 너르다)의 변형.
4. 밀려가 다 간 – 배의 움직임을 시각적으로 나타내려는 의도적인 띄어쓰기.
5. 靑만틀 – 푸른 빛 외투(mantle, manteau).
6. 가깝한 – 갑갑한.
7. 그시며 – 그으며. 「琉璃窓 2」, 「毗盧峰」 등에도 나오는 시어다.
8. 늬긋 늬긋한 – 속이 느글거리는 상태를 표현한 것. 「船醉」에도 나오는 시어다.
9. 紅椿 – 동백꽃.
10. 어질머리 – 정신이 어지러운 증세.

幌馬車

이게 마악 돌아 나가는 곳은 時計집 모롱이, 낮에는 처마 끝에 달어맨 종달새란 놈 이 都會바람에 나이를 먹어 조금 연기 끼인듯한 소리로 사람 홀려나려가는 쪽으로 그 커 지줄 지줄거립데다.

그 고달픈 듯이 깜박 깜박 졸고 있는 모양이——가여운 잠의 한컴이랄지요——부칠 데 없는 내 맘에 떠 오릅니다。 쓰다듬어 주고 싶은, 쓰다듬을 받고 싶은 마음이올시다。

가엾은 내그림자는 검은 喪服처럼 지향없이 흘러나려 갑니다。촉촉이 젖은 리본 떨어 진 浪漫風의 帽子밑에는 金붕어의 奔流와 같은 밤경치가 흘러 나려갑니다。길옆에 늘 어슨 어린 銀杏나무들은 異國斥候兵의 걸음세로 조용 조용히 흘러 나려갑니다。

슬픈 銀眼鏡이 흐릿하게 밤비는 옆으로 무지개를 그린다。

이따금 지나가는 늦인 電車가 끼이익 돌아나가는 소리에 내 조고만魂이 놀란듯이 파

다거리나이다。가고 싶어 따듯한 화로갛를 찾어가고싶어。좋아하는 코—란經을 읽으면서

南京콩이나 까먹고 싶어, 그러나 나는 찾어 돌아갈데가 있을나구요?

비거리 모롱이에 씩 씩 뽑아 올라간 붉은 벽돌집 塔에서는 거만스런 XII時가 避

雷針에게 위엄있는 손까락을 치여 들었소。이께야 내 목아지가 쫄 뻣 떨어질듯도 하

구료。솔닢새 같은 모양새를 하고 걸어가는 나를 높다란데서 굽어 보는것은 아주 재

미 있을게지요 마음 놓고 술 술 소변이라도 볼까요。헬멜 쓴 夜警巡査가 왹일림처럼

쫏아 오겠지요!

네거리 모롱이 붉은 담벼락이 홈씩 젖었오。슬픈 都會의 뺨이 젖었소。마음은 열없

이 사랑의 落書를 하고있소。홀로 글성 글성 눈물짓고 있는것은 가엾은 소—니야의 신

세를 비추는 빨안 電燈의 눈알이외다。우리들의 그컨날 밤은 이다지도 슬픈지요。어다

지도 외로운지요。그러면 여기서 두손을 가슴에 넘이고 당신을 기다리고 있으릿가?

길이 아조 질어 터쳐쉬 뺌눈알 같은 것이 반짝 반짝 어리고 있오。구두가 어찌나

크던동 거러가면쉬 졸님이 오십니다。진흙에 챡 붙어 버릴듯 하오。철없이 그리워 동

그스레한 당신의 어깨가 그리웡 거기에 뻐머리를 대이면 언쯰든지 머언 따듯한 바다

울음이 들려 오더니……

……아아, 아모리 기다려도 못 오실니를……

기다려도 못 오실 니 때문에 졸리운 마음은 幌馬車를 부르노니, 회파람처럼 불려오는 幌馬車를 부르노니, 銀으로 만들은 슬픔을 실은 鴛鴦새 털 깔은 幌馬車, 꼬옥 당신처럼 참한 幌馬車, 찰 찰찰 幌馬車를 기다리노닝.

「幌馬車」

* 『조선지광』 68호(1927. 6)에 발표. '1925. 11. 京都'로 창작 시점 표기.
1. 異國斥候兵의 걸음제 – '걸음제'는 '걸음새'. 다른 적지에 들어와 지형이나 형세를 살피는 척후병의 걸음걸이처럼 조심스러운 몸짓을 표현하였다.
2. 좋아하는 코–란經을 – 『조선지광』에는 '조아하는 馬太傳 五章을'로 되어 있다. 더욱 이국적인 시어로 교체된 것이다.
3. 흠씩 – 흠씬. 흠뻑. 『백록담』의 「玉流洞」에 나오는 '흠식'이란 말과 관련지어 생각해 볼 수 있다.
4. 열없이 – 어색하고 겸연쩍게. 「琉璃窓」에도 나오는 시어다.
5. 뱀눈알 같은 것 – 물기가 빛에 반사되어 반짝이는 것을 표현했다. 「카지예·쯔란스」에 나오는 "밤비는 뱀눈 처럼 가는데"의 심상을 파악할 수 있는 근거가 된다.

새빩안 機關車

느으릿 느으릿 한눈 파는 겨를에
사랑이 수히 알어질가도 싶구나.
어린아이야, 달려가쟈.
두뺨에 피여오른 어여쁜 불이
일즉 꺼커버리면 어찌 하쟈니?
줄 다름질 처 가쟝
바람은 휘잉. 휘잉.
만틀 자락에 몸이 떠오를 듯.
눈보라는 풀, 풀.
붕어새끼 피여나는 모이 같다.
어린아이야, 아무것도 모르는
새빩안 기관차 처럼 달려 가쟈!

「새빩안機關車」
* 『조선지광』 64호(1927. 2)에 발표. '1925. 1. 京都' 로 창작 시점 표기.
1. 수히 – 수이. 쉽게.
2. 만틀 – 망토(mantle, manteau).

밤

눈 머금은 구름 새로
힌달이 흐르고,

처마에 쉬린 탱자나무가 흐르고,

외로운 촉불이, 물새의 보금자리가 흐르고……

표범 껍질에 호젓하이 쌓이여

나는 이밤, 「적막한 홍수」를 누어 건늬다.

「밤」
　* 「신생」 1932년 1월호 발표.

湖水 1

얼굴 하나 야

손바닥 둘 로

폭 가리지 만,

보고 싶은 마음

湖水 만 하니

눈 감을 밖엥

「湖水 1」

* 『시문학』 2호(1930. 5)에 「湖水」로 발표.
　이 시는 시의 문맥을 살리기 위한 특별한 띄어쓰기가 눈에 띈다. 1연 각 행 끝의 '~야', '~로', '~만'은 앞의 단어와 떨어져 있는데 이것은 그 앞의 '얼굴 하나', '손바닥 둘', '폭 가리지'를 강조하려는 의도적 처리다. 즉 얼굴 '하나'는 손바닥 '둘'로 충분히 가릴 수 있지만, 보고 싶은 마음은 '호수'처럼 넓어 도저히 가릴 수 없으니 '눈 감을' 수밖에 없다는 생각을 시각적으로 나타내기 위해 글자를 띄어쓴 것이다.

湖水 2

오리 목아지는
湖水를 감는당

오리 목아지는
자꼬 간지러워

「湖水 2」
* 『시문학』 2호(1930. 5)에 「湖水」로 발표.
  "오리 목아지를 湖水에 감는다"고 하지 않고 "오리 목아지는/湖水를 감는다"고
  한 것이 인상적이다. 마치 오리 목에 호수가 감겨드는 것 같은 장면이 연상된다.

湖面

손 바닥을 울리는 소리
곱드랗게 건너 간다.

그뒤로 힌게우가 미끄러진다.

「湖面」
* 『조선지광』 64호(1927. 2)에 발표. '1926. 10. 京都' 로 창작 시점 표기.
1. 게우 - 거위.

겨 을

비ㅅ방울 나리다 누뤼알로 구을려

한 밤중 잉크빛 바다를 건늬다.

「겨울」

* 『조선지광』 89호(1930. 1)에 발표.
1. 누뤼알 – 우박알. 『조선지광』에는 '우박알' 로 표기.

달

선뜻! 뜨인 눈에 하나차는 영창

달이 이제 밀물처럼 밀려 오다.

미욱한 잠과 벼개를 벗어나

부르는이 없이 불려 나가다.

※

한밤에 홀로 보는 나의 마당은

湖水같이 둥그시 차고 넘치노나.

쪼그리고 앉은 한옆에 힌돌도

어마가 유달리 함초롬 곻아라.

「달」

* 『신생』 1932년 6월호에 발표.

1. 함초롬 – '함초롬하다' (어떤 기운이 서리거나 물기를 머금은 모습이 차분하고
　　곱다)의 변형. 앞에서 마당을 호수에 비유했기에 흰돌에 물기가 서려 있는 모습
　　으로 표현한 것이다.

연연런 綠陰、水墨色으로 짙은데
한창때 곤한 잠인양 숨소리 설키도다.
비듥이는 무엇이 궁거워 구구 우느뇨,
梧桐나무 꽃이야 못견디게 香그럽다.

2. 설키도다 - 얽히도다. '얼크러지다' 를 '설크러지다' 라고도 하고, '얼크렁 설크렁 얽혀서' 같은 민요 가사에서 '얽히도다' 의 뜻을 유츄해 볼 수 있다.
3. 궁거워 - 궁금하여.

絕 頂

石壁에는
朱砂가 찍혀 있오.

이슬같은 물이 흐르오.

나래 붉은 새가
위태한데 앉어 따먹으오

山葡萄순이 지나갔오.

香그런 꽃뱀이

高原꿈에 옴치고 있오.

巨大한 죽엄 같은 莊嚴한 이마,

氣候鳥가 첫번 돌아오는 곳,

上弦달이 살어지는 곳,

쌍무지개 다리 드디는 곳,

「絕頂」

* 『학생』 1930년 10월호에 발표.

1. 高原꿈에 옴치고 있오 – 평범하게 생각하면 "고원의 꿈에 잠겨 옴츠리고 있다"고 해석할 수 있다. 그러나 앞뒤의 문맥을 볼 때 산의 정경을 이야기하다가 갑자기 꽃뱀이 꿈에 잠겨 있다는 내용이 나오는 것은 이상하다. 문맥으로 보면, 고원 어느 '구석진 곳'에 꽃뱀이 옴츠리고 있다는 뜻이 어울린다. 그렇다면 구멍을 뜻하는 고어 '굵'에서 'ㄱ'이 탈락되고 경음화가 된 표기로 추정할 수 있다. 그렇게 되면 이 구절은 높은 언덕 어느 구석에 오묘한 모양의 꽃뱀이 도사리고 있을지 모른다는 생각을 통해 산의 신비감을 나타낸 장면으로 해석된다.

2. 巨大한 죽엄 같은 莊嚴한 이마 – 신비로우면서도 두려운 느낌을 주는 거대한 석벽을 표현했다.

아래ㅅ 볼때 오리옹 星座와 키가 나란하오.

나는 이꼐 上上峯에 섰오.

별만한 힌꽃이 하늘대오.

밈들레 같은 두다리 간조롱 해지오.

해솟아 오르는 東海——

바람에 향하는 먼 旗폭 처럼

뺨에 나붓기오.

---

3. 밈들레 같은 두다리 간조롱 해지오 – 민들레 같은 두 다리 가지런해 지오. 산정에 핀 납작한 민들레처럼 작고 지친 다리가 가지런해지고 피로가 풀리는 것을 나타냄.

風 浪 夢 1

당신 께서 오신다니
당신은 어찌나 오시랴십니가

끝없는 우름 바다를 안으올때
葡萄빛 밤이 밀려 오듯이,
그모양으로 오시랴십니가?

당신 께서 오신다니
당신은 어찌나 오시랴십니가.

물건너 외딴 섬、銀灰色 巨人이
바람 사나운 날、덮쳐 오듯이,
그모양으로 오시랴십니가.

「風浪夢 1」
* 『조선지광』 69호(1927. 7)에 「風浪夢」으로 발표. ‘1922. 3. 麻浦下流 玄石里’로
  창작 시점 표기.
1. 어찌나 – 어떻게. 어떤 모습으로.

당신 께서 오신다니
당신은 어찌나 오시랴십니가.

窓밖에는 참새떼 눈초리 무거웁고
窓안에는 시름겨워 턱을 고일때,
銀고리 같은 새벽달
붓그럼성 스런 낯가림을 벗듯이,
그모양으로 오시랴십니가.

외로운 조름, 風浪에 어리울때
앞 浦口에는 궂은비 자욱히 둘리고
行船배 북이 웁니다, 북이 웁니다.

---

2. 붓그럼성 스런 낯가림 – 부끄러운 성품에 어울리는 낯가림. 여기서 띄어쓴 '스런'은 접미사 '스럽다' 의 활용이다.
3. 외로운 조름 – 『조선지광』에는 '괴로운 조름' 으로 표기되었다. 문맥에 맞는 시어로 수정되었다.
4. 둘리고 – 둘러싸이고.

風浪夢 2

바람은 이렇게 몹시도 부옵는데

커달 永遠의 燈火!

꺼질법도 아니하옵거니,

엇커늬 風浪우에 넘 실려 보내고

아닌 밤중 무서운 꿈에 소스라쳐 깨옵니다。

「風浪夢 2」
　* 『시문학』 3호(1931. 10)에 「바람은 부옵는데」로 발표.

말 1

청대나무 뿌리를 우여어차! 잡어 뽑다가 궁둥이를 찌였빙.

짠 조수물에 흠뻑 불리워 쉬 쉬 내둘으니 보라ㅅ빛으로 피여오른 하늘이 만만하게 비여진다.

바다 우에 갈며기가 흩어진다.

채축에서 바다가 운다.

오동나무 그늘에서 그리운 양 졸리운 양한 내 형제 말넘을 찾어 갔지.

「형제여, 좋은 아침이오.」

말넘 눈동자에 엇귀녁 초사흘달이 하릿하게 돌아간다.

「형제여 빰을 돌려 대소. 왕왕.」

말넘의 하이한 이빨에 바다가 시리다.

「말 1」

* 『조선지광』 71호(1927. 9)에 「말」로 발표. '1927. 8'로 창작 시점 표기. 시상의 비약이 심해서 상당히 난해한 작품이다. 그러나 이미지의 선명함은 살아 있다.

푸른 물 들뜻한 어덕에 해ㅅ살이 자개처럼 반쟈거린다.

「헝게여, 날세가 이리 휘양창 개인날은 사랑이 부질없오라。」

바다가 치마폭 잔주름을 잡어 온다.

「헝게여, 내가 부끄러운데를 싸매였으니

그대는 코를 불으라。」

구름이 대리석 빛으로 퍼쳐 나간다.

채축이 번듯 배암을 그린다.

「오호! 호! 호! 호! 호!」

맙넙의 앞발이 뒤ㅅ발이오 뒤ㅅ발이 앞발이락.

바다가 비귀로 돈다.

쉿! 쉿! 쉿!

맙넙의 발이 여덜이오 열여섯이락.

바다가 이리떼처럼 짓으며 온다.

쉿! 쉿! 쉿!

어깨우로 넘어닷는 마파람이 휘파람을 불고

물에쉬 물에쉬 八月이 펴덕인다。

「헝케여、오오、이 꼬리 긴 英雄이야!」

날세가 이러 휘양창 개인날은 곱슬머리가 자랑스럽소라!」

---

1. 채축 – 채찍
2. 잦어 갔지 – '찾어 갔지' 의 오기일 것.
3. 왕왕 – 이 의성어가 무엇을 뜻하는지 알 수 없다. 혹시 개 짖는 소리를 의성한 것은 아닐까?
4. "구름이 대리석 ~ 배암을 그린다." – 바다 위 하늘에 구름이 여러 가지 형상으로 변하는 것을 나타낸 것 같다.
5. "말님의 앞발이 ~ 열여섯이라." – 파도가 빠르게 출렁이는 모습을 나타낸 것 같다.

말 2

까치가 앞서 날고,
말이 따러 가고,
바람 소울 소울, 볼 소리 쫄 쫄,
六月하늘이 동그라하다, 앞에는 떠언한 벌,
아아, 四方이 우리 나라 라구나.
아아, 우룽 벗기 좋다, 희파람 불기 좋다. 채칙이 돈다, 돈다, 돈다.
말아,
누가 났나? 늬를 몰라.
말아,
누가 났나? 나를 버도 몰라.
늬는 시굴 듬에서
사람스런 숨소리를 숨기고 살고

「말 2」
* 『동지사문학』 3호(1928. 10)에 일어시「馬 1」과 「馬 2」가 발표되었는데, 앞의
「말 1」 및 여기의 「말 2」와 부분적으로 유사한 내용이 들어 있다.

버사 대처 한복판에서
말스런 숨소리를 숨기고 다 잘았다。

시골로나 대처로나 가나 오나
량친 몬보아 스럽더라。

딸아,

멩아리 소리 쩌르렁! 하게 울어라,

슬픈 낫방울소리 마춰 내 한마디 할라니。

해는 하늘 한복판, 금빛 해바라기가 돌아가고,

파랑콩 꽃타리 하늘대는 두둑 위로

머언 힌 바다가 치여드빗。

딸아,

가자, 가자니, 古代와같은 나그네시길 떠나가자。

말은 간다。

까치가 따라온다。

---

1. 량친 – 양친. 부모.
2. 스럽더라 – 서럽더라. 「엽서에 쓴 글」의 '스럽지도'와 같은 뜻의 시어.

바 다 1

오 • 오 • 오 • 오 • 소리치며 달려 가니
오 • 오 • 오 • 오 • 연달어서 몰아 온다.

간 밤에 잠살포시
머언 뇌성이 울더니,

오늘 아침 바다는
포도빛으로 부풀어졌다.

철석, 처얼석, 철석, 처얼석, 철석,
케비 날어 들듯 물결 새이새이로 춤을추엉

「바다 1」
* 『조선지광』 64호(1927. 2)에 다음의 「바다 4」까지 하나의 작품으로 발표.
  '1926. 6' 으로 창작 시점 표기.

바 다 2

한 백년 진흙 속에
숨었다 나온 듯이,

게처럼 옆으로
기여가 보노니,

머언 푸른 하늘 알로
가이 없는 모래 밭.

바
다
3

외로운 마음이
한종일 두고

바다를 불러—

바다 우로
밤이
걸어 온다.

바 다 4

후주근한 불결소리 등에 지고 홀로 돌아가노니

어데쉰지 그누구 씨러커 울음 우는듯한 기척,

돌아 쉬쉬 보니 먼 燈臺가 반짝 반짝 깜박이고

갈메기떼 끼루룩 끼루룩 비를 부르며 날어간당.

울음 우는 이는 燈臺도 아니고 갈메기도 아니고

어덴지 홀로 떠러진 이름 모를 스러움이 하나。

「바다 4」
1. 씨러저 – 쓰러져.
2. 스러움 – 서러움.

바다 5

바독 돌 은
내 손아귀에 만쳐지는것이
떡은 좋은가 보아。

그러나 나는
푸른바다 한복판에 던졌지。

바독돌은
바다로 각구로 떠러지는것이
떡은 신기 한가 보아。

당신 도 인케는

「바다 5」
 * 『조선지광』 65호(1927. 3)에 「바다」로 발표. '1925. 4'로 창작 시점 표기.
 1. 각구로 - 거꾸로.

나를 그만만 만지시고、
귀를 들어 팽개를 치십시요

나 라는 나 도
바다로 각구로 떠러지는 것이、
퍽은 시원 해요。

바독 돌의 마음과
이 내 심사는
아아무도 모르지라요。

---

2. 귀 – 넓적한 물체의 구석진 모퉁이.

갈 메 기

돌아다 보아야 언덕 하나 없다, 솔나무 하나 떠는 풀잎 하나 없다.

해는 하늘 한 복판에 白金도가니처럼 끓고, 똥그란 바다는 이케 팽이처럼 돌아간다.

갈메기야, 갈메기야, 늬는 고양이 소리를 하는구나.

고양이가 이런데 살리야 있나, 늬는 어데서 낫니? 목이야 히기도 하다, 나래도 히다,

발톱이 깨끗하다, 뛰는 고기를 문다.

힌물결이 치여들때 푸른 물구비가 나려 앉을때,

갈메기야, 갈메기야, 아는듯 모르는듯 늬는 생겨났지,

버사 검은 밤人비가 섬돌우에 울때 호롱人불앞에 낳다더람.

버사 어머니도 있다, 아버지도 있다, 그이들은 머리가 히시다.

나는 허리가 가는 청년이라, 내홀로 사모한이도 있다, 대추나무 꽃 피는 동네다 두
고 왔단다.

갈메기야, 갈메기야, 늬는 목으로 물결을 감는다, 발톱으로 민다.

「갈메기」
* 『조선지광』 80호(1928. 9)에 「갈매기」로 발표. '1927. 8'로 창작 시점 표기.

물속을 든다、솟는다、떠돈다、모로 날은다。

늬는 쌀을 아니 먹어도 사나? 네손이사 짓부퍼졌다。

水平線우에 구름이 이상하다、돛폭에 바람이 이상하다。

팔뚝을 끼고 눈을 감었다、바다의 외로움이 검은 넥타이 처럼 맞어진다。

---

1. 짓부퍼졌다 – 심하게 부풀어 올랐다. 앞의 구절과 연관지어 생각하면 먹고 사는 문제 때문에 고생이 심한 것을 나타냈다고 해석된다.

해바라기 씨

해바라기 씨를 심자.
담모룽이 참새 눈 숨기고
해바라기 씨를 심자.

누나가 손으로 다지고 나면
바둑이가 앞발로 다지고
괭이가 꼬리로 다진다.

우리가 눈감고 한밤 자고 나면
이실이 나려와 가치 자고 가고,
우리가 이웃에 간 동안에

「해바라기씨」
* 『신소년』 1927년 6월호에 발표. '1925. 3' 으로 창작 시점 표기.
1. 이실-이슬.

해ㅅ빛이 입마추고 가고,

해바라기는 첫시약시 인데
사흘이 지나도 부끄려워
고개를아니 든다.

가만히 엿보러 왔다가
소리를 썩! 지르고 간놈이──
오오, 사철나무 잎에 숨은
청개고리 고놈 이다.

지 는 해

우리 옵바 가신 곳은
해님 지는 西海 건너
멀리 멀리 가섰다빙.
웬일인가 꺼 하늘이
피ㅅ빛 보담 무섭구나!
날리 낫나.불이 낫나.

「지는해」
 * 『학조』1호(1926. 6)에 「서쪽하늘」로 발표.

띠

하늘 우에 사는 사람
머리에다 띠를 띄고,

이 땅우에 사는 사람
허리에다 띠를 띄고,

땅속나라 사는 사람
발목에다 띠를 띄네.

「띠」
* 『학조』 1호(1926. 6)에 「씌」로 발표.

산 넘어 저 쪽

산넘어 저쪽 에는
누가 사나?

뻐꾹이 영우 에서
한나잘 울음 운다.

산넘어 저쪽 에는
누가 사나?

철나무 치는 소리만
서로 맞어 쩌르렁!

「산넘어저쪽」
＊「신소년」 1927년 5월호에 발표.

산 넘어 저쪽 에는
누가 사나?

늘 오던 바눌장수도
이 봄 들며 아니 뵈네

홍 시

어적게도 홍시 하나.
오늘에도 홍시 하나.

까마귀야. 까마귀야.
우리 남게 웨 앉었나.

우리 옵바 오시걸랑.
맛뵐라구 남겨 뒀다.

후락 딱 딱
훠이 훠이!

「홍시」
* 『학조』 1호(1926. 6)에 「감나무」로 발표.
1. 남게 – 나무에.

무서운 時計

옵바가 가시고 난 방안에
숫불이 박꽃처럼 새워간다.

이밤사 말고 비가 오시랴나?
산모루 돌아가는 차, 목이 쉬여

검은 유리만 써여다 보시겠지!
망토 자락을 녀미며 녀미며

옵바가 가시고 나신 방안에
時計소리 서마 서마 무서워.

「무서운時計」
 * 『문예월간』 3호(1932. 1)에 「옵바가시고」로 발표.
 1. 산모루 – 산모퉁이.
 2. 서마 서마 – 시계의 초침 소리를 무서운 느낌을 담아 의성한 것.

三月 삼 질 날

중, 중, 때때 중,
우리 애기 까까 머리.

삼월 삼질 날,
질나라비, 휠, 휠,
께비 새끼, 휠, 휠,

쑥 뜯어다가
개피 떡 만들어.

호, 호, 잡들여 놓고
냥, 냥, 잘도 먹었다.

중, 중, 때때 중,
우리 애기 상제로 사갑소.

「三月삼질날」
* 『학조』1호(1926. 6)에 다음의 「딸레」와 함께 「쌀래(人形)와 아주머니」라는 제목
  으로 발표.
1. 질나라비, 휠, 휠 – 팔을 날개처럼 펄럭이며 나는 시늉을 하는 것.
2. 상제 – 상좌. 절의 행자를 말함.

딸 레

딸레와 쬐그만 아주머니,
앵도 나무 밑에서
우리는 늘 셋동무.

딸레는 잘못 하다
눈이 멀어 나갔버.

눈먼 딸레 찾으려 갔다 오니,
쬐그만 아주머니 마자
누가 다려 갔벼.

방울 혼자 흔들다
나는 싫여 울었다.

산 소

서낭산ㅅ골 시오리 뒤로 두고

어린 누의 산소를 묻고 왔오

해마다 봄ㅅ바람 불어를 오면,

나드리 간 집새 찾어 가라고

남먼히 피는 꽃을 심고 왔오.

「산소」
 * 발표지를 알 수 없음.
1. 서낭산 – 서낭당이 있는 산.
2. 남먼히 – 물끄러미.

종 달 새

삼동내— 얼었다 나온 나를
종달새 지리 지리 지리리……
웨쥐리 놀려 대누.

어머니 없이 자란 나를
종달새 지리 지리 지리리……
웨쥐리 놀려 대누.

해바른 봄날 한종일 두고
모래톱에서 나홀로 놀자.

「종달새」
* 발표지를 알 수 없음.

병

부헝이 울든 밤
누나의 이야기——

파랑병을 깨치면
금시 파랑바다.

빨강병을 깨치면
금시 빨강 바다.

뻐꾹이 울든 날
누나 시집 갓네——

「병」
　* 『학조』 1호(1926. 6)에 「한울 혼자 보고」로 발표.

파랑병을 깨트려
하늘 혼자 보고.

빨강병을 깨트려
하늘 혼자 보고.

할아버지

할아버지가
담배ㅅ대를 물고
들에 나가시니,
궂은 날도
곱게 개이고,

할아버지가
도롱이를 입고
들에 나가시니,
가믄 날도
비가 오시네.

「할아버지」
* 『신소년』 1927년 5월호에 발표.

말

말아, 다락 같은 말아,
너는 줍잔도 하다 마는
너는 웨그리 슬퍼 뵈니?
말아, 사람편인 말아,
검정 콩 푸렁 콩을 주마.

※

이말은 누가 난줄도 모르고
밤이면 먼데 달을 보며 잔다.

「말」
* 『조선지광』 69호(1927. 7)에 발표.
1. 다락 – 부엌 위에 이층처럼 만들어서 물건을 넣어두는 곳.
2. 누가 난 줄도 모르고 – 누가 낳은 것인지도 모르고. 앞에 나온 「말 2」, 「갈메기」
   등의 시에 '누가 났나' '어디서 났나' 라는 출생의 문제가 반복되어 제기되는 것
   을 볼 수 있다.

산에서 온 새

새삼나무 싹이 튼 담우에
산에서 온 새가 울음 운다.

산엣 새는 파랑치마 입고.
산엣 새는 빨강모자 쓰고.

눈에 아름 아름 보고 지고.
발 벗고 간 누의 보고 지고.

따순 봄날 이른 아침 부터
산에서 온 새가 울음 운다.

「산에서 온 새」
 * 『어린이』 4권 10호(1926. 11)에 발표. 『신소년』 1927년 6월호에 재발표.

바 람

바람.
바람.
바람.

늬는 내 귀가 좋으냐?
늬는 내 코가 좋으냐?
늬는 내 손이 좋으냐?

내사 왼통 빩애 졌네.

내사 아므치도 않다.

호 호 칩어라 구보로!

「바람」
* 발표지를 알 수 없음.
1. 아므치도 – 아무렇지도.
2. 칩어라 – 추워라.

별 똥

별똥 떠러진 곳,

마음해 두었다

다음날 가보려,

벼르다 벼르다

인젠 다 자랐오.

「별똥」
* 『학조』 1호(1926. 6)에 빌표. 『학생』 2권 9호(1930. 10)에 재발표.

汽 車

할머니
무엇이 그리 슬어 우십나?
울며 울며
鹿兒島로 간다.

해여진 왜포 수건에
눈물이 함촉,
영! 눈에 어른거려
기대도 기대도
버 잠못들겠소.

버도 이가 아퍼서

「汽車」
* 『동방평론』 4호(1932. 7)에 발표.
1. 鹿兒島 - 기고시마. 일본 규슈(九州) 최남단에 있는 지명.
2. 왜포 - 광목.
3. 악 물며 악물며 - 처음의 '악'은 기차의 경적 소리도 함께 나타내기 위해 의도
   적으로 띄어쓴 것이다.

故鄕 찾어 가옹

배추꽃 노란 四月바람을

汽車는 간다고

악 물며 악물며 달린다。

故鄕

고향에 고향에 돌아와도
그리던 고향은 아니러뇨.

산꽁이 알을 품고
뻐꾹이 제철에 울건만,

마음은 제고향 진히지 않고
머언 港口로 떠도는 구름.

오늘도 메끝에 홀로 오르니
힌점 꽃이 안정스레 웃고,

「故鄕」
＊『동방평론』 4호(1932. 7)에 발표.
1. 제철에 – 『동방평론』에는 '한창'으로 되어 있다. 더욱 유연하고 적절한 시어로
   교체되었다.
2. 진히지 – 지니지.
3. 힌점 꽃이 – '한점 꽃'이 아니라 '힌점 꽃'이라고 한 것이 인상적이다. 최정상
   의 언어감도를 확인하게 된다.

어린 시절에 불던 풀피리 소리 아니나고

메마른 입술에 쓰디 쓰다.

고향에 고향에 돌아와도

그리던 하눌만이 높푸르구나.

산엣 색씨 들녁 사내

산엣 새는 산으로,
들녁 새는 들로.

산엣 색씨 잡으려
산에 가세.

작은 재를 넘어 서서,
큰 봉엘 올라 서서,

「호―이」
「호―이」

산엣 색씨 날래기가

「산엣 색씨 들녁 사내」
* 『문예시대』 1호(1926. 11)에 발표. '1924. 11. 22' 로 창작 시점 표기.

표범 같다.

치달려 다러나는
산엣 색씨,
활을 쏘아 잡었읍나?

아아니다,
들녘 사내 잡은 손은
참아 못 놓더라.

산엣 색씨,
들녘 쌀을 먹였더니
산엣 말을 잊었읍네.

들녘 마당에
밤이 들어,

활 활 타오르는 화투불 넘
어다 보면—

들녘 사내 선우슴 소리、
산엣 색씨
얼골 와락 붉었더라。

내 맘에 맞는 이

당신은 내맘에 꼭 맞는이.
잘난 남보다 조그만치만
어리둥퉐 어리석은체
옛사람 처럼 사람좋게 웃어좀 보시요.
이리좀 돌고 쬐리좀 돌아 보시요.
코 쥐고 뺑뺑이 치다 쬐한번만 합쇼.

흥. 흥. 흥. 내맘에 꼭 맞는이.
큰말 타신 당신이
쌍무지개 홍예문 틀어세운 별로
내달리시면

「내 맘에 맞는 이」
* 『조선지광』 64호(1927. 2)에 다음의 「무어래요」, 「숨스기 내기」, 「비듥ㄱ이」와
  함께 민요시편으로 묶어서 발표. '1924. 10'로 창작 시점 표기.

나는 산날맹이 잔디밭에 앉어

기(口笛)를 부르지요。

「앞으로―갓。요。」

「뒤로―갓。요。」

키는 후리후리。 어깨는 산ㅅ고개 같어요。

홍 홍 홍。 버맘에 맞는이。

---

1. 산날맹이 ― 산등성이.

무 어 래 요

한길로만 오시다
한고개 넘어 우리집.

앞문으로 오시지는 말고
뒷동산 새이ㅅ길로 오십쇼.

늦인 봄날
복사꽃 연분홍 이슬비가 나리시거든
뒷동산 새이ㅅ길로 오십쇼.

바람 피해 오시는이 처럼 들레시면
누가 무어래요?

숨스기 내기

나ー르 눈 감기고 숨으십쇼.

잣나무 알암나무 안고 돌으시면

나는 샅샅이 찾어 보지요.

숨스기 내기 해종일 하며는

나는 슬어워 진답니다.

슬어워 지기 칀에

파랑새 산양을 가지요.

떠나온지 오랜 시골 다시 찾어

파랑새 산양을 가지요.

「숨스기 내기」
1. 산양 – 사냥.

비 듥 이

쒀 어는 새떼가 쒀렇게 날려 오나?

쒀 어는 새떼가 쒀렇게 날려오나?

사월ㅅ달 해ㅅ살이
불 농오리 치덧하네.

하눌바래기 하눌만 치여다 보다가

하마 자칫 잇을번 했던
사랑, 사랑이

비듥이 라고 오네요.
비듥기 라고 오네요.

「비듥이」
1. 농오리 - 너울. 바다의 사나운 물결.
2. 하눌바래기 - 하늘바라기. 천수답. 혹은 하늘바라기라는 풀 이름일 수도 있다.

IV

不死鳥

悲哀! 너는 모양할수도 없도다。

너는 나의 가장 안에서 살었도다。

너는 박힌 화살, 날지안는 새,

나는 너의 슬픈 울음과 아픈 몸짓을 진히 노라。

너를 돌려보낼 아모 이웃도 찾지 못하였노라。

은밀히 이르노니ー「幸福」이 너를 아조 싫여하더라。

너는 짐짓 나의 心臟을 차지하였더뇨?

悲哀! 오오 나의 新婦! 너를 위하야 나의 窓과 우슴을 닫었노라。

「不死鳥」

＊『가톨릭靑年』10호(1934. 3)에 발표.

1. 모양할수도 – 모양을 보일 수도.

2. 진히노라 – 지니노라.

이제 나의 靑春이 다한 어느날 너는 죽었도다。

그러나 너를 묻은 아모 石門도 보지 못하였노라。

스사로 불탄 자리 에서 나래를 펴는

오오 悲哀! 너의 不死鳥 나의 눈물이여!

나 무

얼골이 바로 푸른 한울을 울어렀기에

발이 항시 검은 흙을 향하기 욕되지 않도다.

곡식알이 거꾸로 떨어커도 싹은 반듯이 우로!

어느 모양으로 심기여졌더뇨? 이상스런 나무 나의 몸이여!

오오 알맞는 位置! 좋은 우아래!

아담의 슬픈 遺産도 그대로 받었노라.

나의 적은 年輪으로 이스라엘의 二千年을 헤였노라,

나의 存在는 宇宙의 한낱焦燥한 汚點이었도다,

「나무」
* 『가톨릭靑年』 10호(1934. 3)에 발표.
1. 아담의 슬픈 遺産도 그대로 받었노라 - 아담의 후예로서의 인간 육신과 원죄까
   지 그대로 이어받았다는 뜻.

목마른 사슴이 샘을 찾어 입을 잠그듯이

이제 그리스도의 못박히신 발의 聖血에 이마를 적시며—

오오! 新約의太陽을 한아름 안다.

恩　惠

悔恨도 또한
거룩한 恩惠。

깁실인듯 가느른 봄별이
골에 굳은 얼음을 쪼기고,

바늘 같이 쓰라림에
솟아 돍그는 눈물!

귀밑에 아른거리는
妖艶한 地獄불을 끄다,

「恩惠」
* 『가톨릭靑年』 4호(1933. 9)에 발표.
1. 깁실 ─ 비단 실.

懇曲한 한숨이 뉘게로 사모치느뇨?

窒息한 靈魂에 다시 사랑이 이실나리도다。

悔恨에 나의 骸骨을 잠그고져。

아아 아프고져!

---

2. 이실 – 이슬.

별

누어서 보는 별 하나는

진정 멀— 고나.

아스름 다치랴는 눈초리와

金실로 잇은듯 가깝기도 하고,

잠살포시 깨인 한밤엔

창유리에 붙어서 엿보노나.

불현 듯, 소사나 듯,

불리울 듯, 맞어드릴 듯,

「별」
* 『가톨릭靑年』 4호(1933. 9)에 발표.
1. 아스름 다치랴는 – 어스름하게 닫히려는
2. 잇은듯 – 이은 듯.

문득, 령혼 안에 외로운 불이

바람 처럼 일는 悔恨에 피여오른다.

힌 자리옷 채로 일어나

가슴 우에 손을 념이다.

---

3. 바람 처럼 일는 – 바람처럼 일어나는.
4. 념이다 – 여미다.

臨　終

나의 림종하는 밤은
귀또리 하나도 울지 말라.

나종 죄를 들으신 神父는
거룩한 産婆처럼 나의靈魂을 갈르시라.

聖母就潔禮 미사때 쓰고남은 黃蠟불!

담머리에 숙인 해바라기꽃과 함께
다른 세상의 太陽을 사모하며 돌으라.

永遠한 나그네ㅅ길 路資로 오시는

「臨終」
* 『가톨릭靑年』 4호(1933. 9)에 발표.
1. 聖母就潔禮 – 일반적으로 쓰이는 한자는 聖母取潔禮이다. 성모 마리아가 유대
　 율법에 따라 예수가 태어난 지 40일 만에 정결예식을 치르고 하느님께로 봉헌
　 하기 위해 예루살렘 성전에 간 것을 기념하는 축일(2월 2일)이다. 중세에는 성
　 촉절(聖燭節)로 요즘에는 주(主)의 봉헌축일(奉獻祝日)로 부른다.

聖主 예수의 쓰신 圓光!
나의 령혼에 七色의 무지개를 심으시라.

나의 평생이오 나종인 괴롬!
사랑의 白金도가니에 불이 되라.

달고 달으신 聖母의 일홈 불으기에
나의 입술을 타게하라.

갈릴레아 바다

나의 가슴은
조그만 「갈릴레아 바다」

때없이 설레는 波濤는
美한 風景을 이룰수 없도다.

예컨에 門弟들은
잠자시는 主를 깨웠도다.

主를 다만 깨움으로
그들의 信德은 福되도다.

「갈릴레아 바다」
　* 『가톨릭靑年』 4호(1933. 9)에 발표.
1. "예전에 ~ 깨웠도다" – 공관복음서마다 나와 있는 갈릴리바다를 건널 때의 이
　야기다. 광풍이 몰아닥쳐 놀란 제자들이 잠자는 예수를 깨우자 "어찌하여 무서
　워하느냐 믿음이 적은 자들아" 하고 예수가 꾸짖고, 다시 바람과 바다를 꾸짖자
　잔잔해졌다는 이야기다.

돗폭은 다시 펴고
키는 方向을 찾었도다。

오늘도 나의 조그만 「갈릴레아」에서
主는 짐짓 잠자신 줄을——。

바람과 바다가 잔잔한 후에야
나의 嘆息은 깨달었도다。

---

2. 나의 조그만 「갈릴레아」에서 — 여기서 '갈릴레아' 는 지용이 헤쳐가는 삶의 공
   간을 말한다.

그 의 반

내 무엇이라 이름하리 그를?
나의 령혼안의 고흔 불,
공손한 이마에 비추는 달,
나의 눈보다 갑진이,
바다에서 솟아 올라 나래 떠는 金星,
쪽빛 하늘에 힌꽃을 달은 高山植物,
나의 가지에 머믈지 않고
나의 나라에서도 멀다.
홀로 어여삐 스사로 한가러워——항상 머언이,
나는 사랑을 모르노라 오로지 수그릴뿐.
때없이 가슴에 두손이 염으여지며
구비 구비 돌아나간 시름의 黃昏길우——

「그의 반」
* 『시문학』 3호(1931. 10)에 「無題」라는 제목으로 발표.
1. 염으여지며 - 여미어지며.

나ㅡ 바다 이편에 남긴

그의 반 • 임을 고히 진히고 것노라.

---

2. 진히고 것노라 – 지니고 걷노라.

다른 한울

그의 모습이 눈에 보이지 않었으나
그의 안에서 나의 呼吸이 질로 달도다.

물과 聖神으로 다시 낳은 이후
나의 날은 날로 새로운 太陽이로세!。

뭇사람과 소란한 世代에서
그가 다맛 써게 하신 일을 진히리라!。

미리 가지지 않었던 세상이어니
이께 새삼 기다리지 않으런다。

「다른 한울」
*『가톨릭靑年』9호(1934. 2)에 발표.『시원』2호(1935. 4)에 재발표.

靈魂은 불과 사랑으로! 육신은 한낮 괴로움.

보이는 한울은 나의 무덤을 덮을뿐.

그의 옷자락이 나의 五官에 사모치지 안었으나

그의 그늘로 나의 다른 한울을 삼으리라.

또 하나 다른 太陽

온 고을이 밧들만 한
薔薇 한가지가 솟아난다 하기로
그래도 나는 고하 아니하련다.

나는 나의 나히와 별과 바람에도 疲勞웁다.

이제 太陽을 금시 일어 버린다 하기로
그래도 그리 놀라울리 없다.

실상 나는 또하나 다른 太陽으로 살었다.

사랑을 위하얀 입맛도 일는다.

「또 하나 다른 太陽」
* 『가톨릭靑年』 9호(1934. 2)에 발표. 『시원』 2호(1935. 4)에 재발표.

외로운 사슴처럼 벙어리 되어 山길에 슬지라도——

오오, 나의 幸福은 나의 聖母마리아!

밤

우리 書齋에는 좀 古典스런 양장책이 있을만치 보다는 더많이 있디고——그렇게 여기시기를.

그리고 키를 꼭꼭 맞워 줄을 지어 엄숙하게 들어끼여 있어 누구든지 끄내여 보기에 조심성스런 손을 몇번식 드려다 보도록 書齋의 品位를 우리는 維持합니다. 값진 陶器는 꼭 음식을 담어야 하나요? 마찬가지로 귀한 책은 몸에 병을 진히듯이 暗記하고 있어야할 理由도 없읍니다. 聖書와 함께 멀리 떼워놓고 생각만 하여도 좋고 엷은 黃昏이 차차 짙어갈켸 書籍의 密集部隊앞에 등을 향하고 고요히 앉었었기만 합도 敎養의 深刻한 表情이 됩니다. 나는 나대로 좋은 생각을 마조 대할때 페이지 속에 文字는 文字끼리 좋은 이야기를 잇어 나가게 합니다. 숨은 별빛이 얼키설키듯이 빛나는

文字끼리의이야기……이 貴重한 人間의遺産을 金字로 表裝하여야 합니다.

뼤오 • 똘스토이가 (그사람 말을 잡어 피를 마신 사람!) 주름살 잡힌 人生觀을 페이

지 속에서 說敎하거든 그러한 책은 雜草를 뽑아버듯 합니다.

책이 뽑히여 나온 부인곳 그러한 곳은 그렇게 寂寞한 空洞이 아닙니다. 가여운 季

節의 多辯者 귀또리 한마리가 밤샐 자리로 주어도 좋읍니다.

우리의 敎養에도 각금 이러한 文字가 뽑히여 나간 空洞안의 부인 하늘이 열리어야

합니다.

※

어느 겨를에 밤이 함폭 들어와 차지하고 있읍니다. 「밤이 온다」——이러한 우리가

거리에서 쓰는 말로 이를지면 밤은 반드시 딴곳에서 오는 손님이외다. 謙虛한 그는 우

리의 앉은 자리를 조금도 다치지 않고 소란치 않고 거룩한 新婦의 옷자락소리 없는

거름으로 옵니다. 그러나 큰 독에 물과 같이 充實히 차고 넘칩니다. 그러나 어쩐지 寂

寞한 손님이외다. 이야말로 巨大한文字가 뽑히여 나간 空洞에 臨하는 喪章이외다.

나의 거름을 따르는 그림자를 볼때 나의 悲劇을 생각합니다. 가늘고 긴 希臘的 슬

픈 목아지에 팔구비를 감어 봅니다. 밤은 地球를 딸으는 悲劇이외다. 이 淸澄하고 無限

한 밤의 목아지는 어드메쯤 되는지 아모도 안어 본이가 없읍니다.

悲劇은 반드시 울어야 하지 않고 사연하거나 흐느껴야 하는것이 아닙니다. 실로 悲

劇은 默합니다.

그러므로 밤은 울기킨의 울음의 鄕愁요 움지기기킨의 몸짓의 森林이오 입술을 열기

킨 말의 豊富한 곳집이외다.

나는 나의 書齋에서 이 默劇을 感激하기에 조금도 괴롭지 안습니다. 검은 잎새 밑

에 오롯이 눌리우기만하면 그만임으로. 나의 靈魂의 輪廓이 올뺌이 눈자위처럼 똥그래

질때 입니다. 나무끝 보금자리에 안긴 독수리의 한알도 無限한 明月을 향하야 神秘론

生命을 움치며 돌리며 합니다。

쉬령 반가운 그대의 붉은 손이 이 費齋에 調和로운 古風스런 람프 불을 보름달 만하게 안고 끌방에서 옴겨 올때에도 밤은 그대 不意의 闖入者에게 조금도 황당하지 않습니다。 남과 사괼성이 燦爛한 밤의 性格은 瞬間에 花園과 같은 얼골을 바로 돌립니다。

람 프

람프에 불을 밝혀 오시오 어쩐지 람프에 불을 보고싶은 밤이외다.

하이한 갓이 蓮잎처럼 알로 숙으러지고 다칠세——끼여 쉬운 등피하며 가지가지 맨

듬새가 모다 지금은 古風스럽게된 람프는 걸려 있는이 보다 앉인 모양이 좋읍니다。

람프는 두손으로 바쳐 안고 오는양이 아담 합니다。그때 얼골을 濃淡이 아조 強한

옮겨오는 繪畵로 鑑賞할수 있음이외다。——딴 말슴이오나 그대와 같은 美한性의 얼골

에 純粹한 繪畵를 再現합도 그리스도敎的 藝術의 自由이외다。

그 훔치하기가 松虫이 같은 石油를 달어올려 조희人빛 보다도 고흔 불이 피는 양

이 누에가 푸른 뽕을 먹어 고흔 비단을 낳음과 같은 좋은 敎訓이외다。

흔히 먼 산모루를 도는 밤汽笛이 목이 쉴때 람프불은 쬐은 무리를 둘러 쓰기도 합

니다。可憐한 코스모스 우에 다음날 찬비가 뿌리리라고 합니다。

마을에서 늦게 돌아올때 람프는 수고롭지아니한 고요한 情熱과 같이 자리를 옴기지 않고 있읍데다.

마을을 찾어 나가는 까닭은 漠然한 鄕愁에 끌리워 나감이나 돌아올때는 가벼운 嘆息을 지고 오는것이 나의 日誌이외다. 그러나 람프는 역시 누구 얼굴에 향한 情熱이 아닌것을 보았읍니다.

다만 힌조히 한겹으로 이 큰밤을 막고 있는 나의 보금자리에 람프는 매우 自信있는 얼골이옵데다.

電燈은 불의 造花이외다. 적어도 燈불의 原始的 情熱을 잇어버린 架設이외다. 그는 우로 치오르는 불의 혀모상이 없읍니다.

그야 이 深夜에 太陽과 같이 밝은 技工이 이케료 나오겠지요. 그러나 森林에서 찍어온듯 싱싱한 불꽃이 아니면 나의 性情은 그다지 반가울리 없읍니다.

性情이란 반듯이 實用에만 기울어지는것이 아닌 연고이외다.

그러나 역시 부르는 소리외다.

람프를 주리고 써여다 보면 눈자위도 분별키 어려운 검은 손님이 쉬있읍니다.

「누구를 찾으십니까?」

만일 검은 망또를 두른 髑髏가 쉬서 부르더라고 하면 그때는 이러한 不吉한 이야

기는 忌避하시리다.

덧문을 구지 달으면쉬 나의 良識은 이렇게 解說하였읍니다.

——죽음을 보았다는것은 한 錯覺이다——

그러나 「죽음」이란 벌써 부터 나의聽覺안에쉬 자라는 한 恒久한 黑點이외다. 그리

고 나의 反省의 正確한位置에쉬 나려다 보면 람프 그늘에 채곡 접혀 있는 나의肉體

가 목이 심히 말러하며 祈禱라는것이 반듯이 精神的인것 보다도 어떤때는 純粹히 味

覺的인수도 있어쉬 쓰고도 달디 단 이상한 입맛을 다십니다.

「天主의 聖母마리아는 이께와 우리 죽을때에 우리 최인을 위하야 비르소쉬 아멘」

그러므로 예컨에 앗시시오·聖쁘란시스코는 우로 오르는 종달새나 알로 흐르는 불까

지라도 姉妹로 불러 사랑 하였으나 그중에도 불의 姉妹를 더욱 사랑하였습니다。 그의 낡

은 망또 자락에 옮겨 붙는 불꽃을 그는 사양치 않었습니다。 非常히 사랑하는 사랑의

表象인 불에게 흰 벼쪼각을 애끼기가 너무도 인색 하다고 하였습니다。

이것은 聖人의 行蹟이라기 보다도 그리스도敎的 Poesie의 出發이외다。

람프 그늘에서는 季節의 騷亂을 듣기가 좋습니다。 먼 우뢰와 같이 부쉬지는 바다며 별

같이 소란한 귀또리 울음이며 나무와 잎새가 떠는 季節의 戰車가 달려옵니다。

窓을 사납게 치는가하면 커윽이 부르는 소리가 있읍니다。 귀를 간조롱이하야 이 과

한 소리를 가리여 들으랍니다。

역시 부르는 소리외다。 람프불은 줄어지고 壁時計는 금시에 황당하게 중얼거립니다。

이상도하게 나의 몸은 마른 잎새 같이 가벼워집니다。

窓을 넘어다 보나 燈불에 익은 눈은 어둠속을 분별키 어렵습니다。

跋

천재 있는 詩人이 자기의 制作을 한번 지나가버린 길이오 넘어간 책장같이 여겨 그

것을 소중히 알고 앨쉬 모아두고 하지않고 물우에 떠러진 꽃잎인듯 흘러가 버리는대로

두고커 한다하면 그 또한 그럴듯한 心願이리랑. 그러나 凡庸한 讀者란 또한 있어 이것

을 인색한사람 구슬 갈므듯 하려하고 「다시또한번」을 찾어 그것이 영원한 花瓶에 새

거 머물러짐을 바라기까지 한다.

지용의 詩가 처음 朝鮮之光(昭和二年二月)에 發表된 뒤로 어느듯 十年에 가까운 동안을 두

고 여러가지 刊行物에 흩어커 나타났던 作品들이 이 詩集에 모아지게 된것은 우리의 讀

者的心願이 이루어지는 기쁨일이다. 單純히 이기쁨의 表白인 이跋文을 쓰는가운데 버가 조금

이락도 序文스런 소리를 느껴놓 일은 아니오 詩는 케스사로 할말을 하고 갈 자리에 갈

것이지마는 그의 詩的發展을 살피는데 多少의 年代關係와 部別의 說明이 없지못할것이다.

第二部에 收合된것은 初期詩篇들이다 이時期는 그가 눈물을 구슬같이 알고 지어라도 버

려는듯하튼 時流에 거슬려쉬 많은 많은 눈물을 가벼이 진실로 가벼이 휘파람불며 비누

방울 날리든 때이다.

第三部는 같은時期의 副産으로 自然童謠의 風調를 그대로 띤 童謠類와 民謠風詩篇들이오.

第一部는 그가 가톨릭으로 改宗한 이후 촉불과손、유리창、바다·1等으로 비롯해서 制作된 詩篇들로 그 深化된 詩境과 安協없는 感覺은 初期의 諸作이 손쉽게 親密해질수 있는 것과는 또다른 境地를 밟고있다。

第四部는 그의 信仰과 直接 關聯있는 詩篇들이오.

第五部는 素描라는 題를 띄였든 散文二篇이다。

그는 한군데 自安하는 詩人이기 보다 새로운 詩境의 開拓者이려한다。그는 이미 思索과 感覺의 奧妙한 結合을 向해 발을 써여 드딘듯이 보인다。여기 모인 八十九篇은 말할것없이 그의 第一詩集인것이다.

이 아름다운 詩集에 이 拙한 跋文을 부침이 또한 아름다운 인연이라고 불려지기를 가만이 바라며——

朴 龍 喆

鄭芝溶詩集

昭和十年十月廿四日印刷
昭和十年十月廿七日發行

著作兼發行者　京城府積善
洞一六九番地
　　　　　　　朴龍喆

印刷所印刷人　京城府堅志
洞三二番地
　　　　　　　漢城圖書株
式會社　金鎭浩　京城府
積善洞一六九　詩文學社　發行
振替口座京城一八六〇五番

頒價壹圓貳拾錢

漢城圖書株式會社　總販賣所

詩集
白鹿潭

裝幀・吉鎭愛

白鹿潭

鄭芝溶

目次

I

長 壽 山 1

伐木丁丁 이랬거니 아람도리 큰솔이 베혀짐즉도 하이 골

이 울어 멩아리 소리 쩌르렁 돌아옴즉도 하이 다람쥐

도 좃지 않고 뫼ㅅ새도 울지 않어 깊은산 고요가 차라리

뼈를 저리우는데 눈과 밤이 조히보담 희고녀! 달도 보름

을 기달려 흰 뜻은 한밤 이골을 걸음이란다? 웃절 중이 여

섯판에 여섯번 지고 웃고 올라 간뒤 조찰히 늙은 사나히의

남긴 내음새를 줏는다? 시름은 바람도 일지 않는 고요에 심히

흔들리우노니 오오 견듸란다 차고 几然히 슬픔도 꿈도

없이 長壽山속 겨울 한밤내—

「長壽山 1」

* 『문장』 1권 2호(1939. 3)에 「長壽山」으로 발표.
1. 伐木丁丁 – 『시경』의 「小雅. 伐木」편에 나오는 구절. 나무를 베면 탕 하고 울리
   는 소리가 난다는 뜻.
2. 아람도리 – 아름드리.
3. 베혀짐즉도 하이 – 베어질 만도 하구나.
4. 이골을 걸음이랸다? – 추정 의문의 뜻. 이 골을 걷기 위해서일까?
5. 조찰히 – 깨끗이. 현대어 '조촐히'에 해당하는 말.
6. 几然히 – 『문장』에는 '兀然히'로 되어 있다. 뜻으로 볼 때 '兀然히'(우뚝하게)가
   맞을 것이다.

長 壽 山 2

풀도 떨지 않는 돌산이오 돌도 한덩이로 열두골을 고비
고비 돌았세라 찬 하늘이 골마다 따로 씨우었고
굳이 얼어 드딤돌이 믿음즉 하이 꿩이 거고 곰이 밟은
자옥에 나의 발도 노히노니 물소리 귀또리처럼 喞喞하
놋다 피락 마락하는 해ㅅ살에 눈우에 눈이 가리어 앉다
흰시울 알에 흰시울이 눌리워 숨쉬는다 온산중 나려앉는
획진 시울들이 다치지 안히! 나도 내더져 앉다 일즉
이 진달레 꽃그림자에 붉었던 絶壁 보이한 자리 우에!

「長壽山 2」

* 『문장』 1권 2호(1939. 3)에 발표.
1. 열두골 – 장수산의 절경인 장수십이곡. 석동 12곡이라도 하는데 거대한 석벽의 단층곡이 장관을 이룬다고 한다.
2. 찬 하눌이 골마다 따로 씨우었고 – 『문장』에는 ‘찬하눌’로 표기되어 있다. ‘씨우었고’는 ‘쓰다’의 활용일 텐데 문법적으로는 어긋난 표현이다. ‘골마다 하늘을 따로 쓰고 있다’의 뜻이므로 이 구절의 의미는 “(골짜기가 매우 웅숭깊어서) 겨울 하늘이 골짜기마다 따로 펼쳐져 있고” 정도로 파악된다.
3. 喞喞하놋다 – 『문장』에는 ‘喞喞하논다’로 표기되어 있다. ‘喞’은 자전마다 ‘즉’과 ‘즐’로 음이 같이 나와 있다. 얼음 밑에 희미하게 나는 물소리를 귀뚜라미 소리에 비유하여 표현한 것이다.
4. 가리어 앉다 – ‘피락 마락하는 해ㅅ살에’라는 앞 구절과 연결지어 볼 때 눈이 쌓인 곳에 계속 눈이 내려앉는 장면을 절도 있는 모습으로 비유하여 표현한 것이다. 그러니까 ‘가리다’는 안 보이게 덮는다는 뜻이 아니라 분별한다는 뜻으로 읽힌다.
5. 흰시울 알에 흰시울이 눌리워 숨쉬는다 – ‘시울’은 중세국어에서 구부러진 줄(絃)의 뜻으로도 사용되었다. 이것은 김구용의 「바다」에 나오는 “生死의 劃진 시울들이 늘 춤을 춘다”의 경우에도 해당된다. 여기서의 ‘시울’ 역시 출렁이는 파도의 곡선을 가리킨다. 따라서 이 시의 ‘시울’도 장수산 석벽 단층에 내려앉은 곡선의 적설층을 나타낸 것으로 볼 수 있다. 즉 이 구절은 “흰 곡선의 층 아래에 또 다른 흰 곡선층이 눌리워(도) 숨쉬는 것인가!”의 뜻으로 해석되는 것이다. 이러한 해석을 하는 데 고려대학교 대학원생 장은석군의 도움이 컸다.
6. 획진 시울 – ‘획진’은 ‘획진’이라는 표기로 「별」과 「수수어(봄)」(『문장』, 1940. 4)에도 나온다. 「수수어(봄)」에는 “뺨에 혈색 좋은 살이 너그러운 것이며 으글으글한 눈에 어깨가 둥글고도 획진 것이 매우 풍염하고 화기를 갖춘 가정부인이다.”라는 구절이 나온다. 여기서 ‘획진’의 의미는 살지고 듬직한 상태를 나타내는 것으로 파악된다. 이 시에서도 ‘크고 환한 시울’의 의미를 지닌다.
7. 다치지 안히! – 다치지 않는구나. 『문장』에는 ‘다치지 않이!’로 되어 있다.
8. 내더져 앉다 – 내던져 앉다. 내던져진 듯 흰 눈밭에 앉는다는 뜻.
9. 絶壁 보이한 자리– ‘보이한’을 ‘보잇하다’(빛이 좀 보얗다)의 변형으로 보면 ‘절벽 보얗게 보이는 자리’라는 뜻.

白 鹿 潭

1

絶頂에 가까울수록 삑국채 꽃키가 점점 消耗된다。한마루 오르면 허리가 슬어지고 다시 한마루 우에서 목아지가 없고 나종에는 얼골만 가옷 내다본다。花紋처럼 版박힌다。바람이 차기가 咸鏡道끝과 맞서는 데서 삑국채 키는 아조 없어지고도 八月한철엔 흘어진 星辰처럼 爛漫하다。山그림자 어둑어둑하면 그러지 않어도 삑국채 꽃밭에서 별들이 켜든다。제자리에서 별이 옮긴다。나는 여긔서 기진했다。

「白鹿潭」
* 『문장』 1권 3호(1939. 4)에 발표.

2

巖古蘭、丸藥 같이 어여쁜 열매로 목을 축이고 살어 일어섰다。

3

白樺 옆에서 白樺가 髑髏가 되기까지 산다。 내가 죽어 白樺처럼 흴것이 숭없지 않다。

4

鬼神도 쓸쓸하여 살지 않는 한모롱이, 도체비꽃이 낮에도 혼자 무서워 파랗게 질린다。

5

바야흐로 海拔六千呎 우에서 마소가 사람을 대수롭게 아니녀기고 산다。 말이 말끼리 소가 소끼리, 망아지가 어미소를 송아지가 어미말을 따르다가 이내 헤여진다。

---

1. 숭없지 않다 – 흉스럽지 않다.

6

첫 새끼를 낳노라고 암소가 몹시 혼이 났다。얼결에 山길 百里를 돌아 西歸浦로 달어났다。물도 마르기 전에 어미를 여힌 송아지는 움매― 움매― 울었다。말을 보고도 登山客을 보고도 마고 매여달렸다。우리 새끼들도 毛色이 다른 어미한틔 말길것을 나는 울었다。

7

風蘭이 풍기는 香氣、피피리 서로 부르는 소리、濟州회파람새 회파람부는 소리、돌에 물이 따로 굴으는 소리、먼 데서 바다가 구길때 쏴― 쏴― 솔소리、물푸레 동백 떡갈나무속에서 나는 길을 잘 못 들었다가 다시 측넌출 거여간 흰돌바기 고부랑길로 나섰다。문득 마조친 아롱점말이 避하지 않는다。

---

2. 우리 새끼들도 ~ 나는 울었다 – 민족의 동질성이 훼손되고 말 것이라는 데서 오는 비애감의 표현.
3. 측넌출 – 칡넝쿨.
4. 흰돌바기 – 흰돌이 박혀 있는.
5. 아롱점말 –「鄕愁」의 '얼룩백이 황소' 처럼 털의 결과 몸에 묻은 얼룩 때문에 무늬가 있는 것처럼 보이는 말.

8

고비 고사리 더덕순 도라지꽃 취 삭갓나물 대풀 石茸 별과 같
은 방울을 달은 高山植物을 색이며 醉하며 자며 한다. 白鹿潭 조찰
한 물을 그리여 山脈우에서 짓는 行列이 구름보다 壯嚴하다. 소나
기 낫낫 맞으며 무지개에 말리우며 궁둥이에 꽃물 익여 붙인채로
살이 붓는다.

9

가재도 거지 않는 白鹿潭 푸른 물에 하눌이 돈다. 不具에 가깝도
록 고단한 나의 다리를 돌아 소가 갔다. 좇겨온 실구름 一抹에도
白鹿潭은 흐리운다. 나의 얼골에 한나잘 포긴 白鹿潭은 쓸쓸하다.
나는 깨다 졸다 祈禱조차 잊었더니라.

---

6. 石茸 – 여기서 '茸' 자는 자전에 음이 '용' 으로 나온다. 그러나 「柘榴」의 '柘榴' 를 석류로 읽었듯 '石茸' 는 '석이' 로 읽어야 할 것이다. 이것은 깊은 산 바위에 돋는 석이(石耳)버섯을 지칭한 것이다.
7. 색이며 – '새기며' 나 '삭이며' 가 아니라 '사귀며' 로 보아야 할 것이다.
8. 놋낫 – 노박이로. 줄곧 계속하여.

毘 盧 峯

담장이
물 들고、

다람쥐 꼬리
숫이 걸다。

山脈우의
가을ㅅ길——

이마바르히
해도 향그롭어

「毘盧峰」

* 『조선일보』 1937. 6. 9에 발표. 『청색지』 2호(1938. 8)에 재발표.

1. 이마바르히 – 이마를 바르게 드니. 『조선일보』, 『청색지』에는 ‘이마 바르히’로
   표기되어 있음.

지팽이
자진 마짐
흰들이
우놋다.

白樺 홀홀
허울 벗고,

꽃 옆에 자고
이는 구름,

바람에
아시우다.

---

2. 자진 마짐 - 잦은 맞음. 자주 맞으니.
3. 흰들이 우놋다 - 흰돌이 우는구나. 『조선일보』, 『청색지』에 '흰돌이'로 되어 있고 '흰들'은 오기일 것.
4. 아시우다 - 어원적으로는 고어 '앗이다'(빼앗기다)나 '아쉽다'에서 왔을 텐데, 문맥상의 뜻은 '사라진다'.

九城洞

골작에는 흔히
流星이 묻힌다。

黃昏에
누뤼가 소란히 싸히기도 하고,

「九城洞」
＊『조선일보』 1937. 6. 9에 발표. 『청색지』 2호(1938. 8)에 재발표.
1. 누뤼 – 우박.
2. 싸히기도 – 쌓이기도. 『조선일보』, 『청색지』에는 '묻히기도'로 표기. 앞에 '묻
   힌다'가 나오기 때문에 중복을 피해 교체한 것임.

꽃도

귀향 사는곳,

절터ㅅ드렀는데

바람도 모히지 않고

山그림자 설핏하면

사슴이 일어나 등을 넘어간다.

---

3. 설핏하면 - 희미하게 비치면.

玉　流　洞

골에　하늘이
따로　트이고、

瀑布　소리　하잔히
봄우뢰를　울다。

날가지　겹겹히
모란꽃닢　포기이는듯。

「玉流洞」
* 『조광』 25호(1937. 11)에 발표.
1. 하잔히 – 잔잔하고 한가로이.
2. 날가지 – 산의 원줄기에서 날개처럼 옆으로 뻗은 곁줄기.

자위 돌아 사폿 질ㅅ듯

위태로히 솟은 봉오리들.

이내(晴嵐)가 새포롬 서그러거리는 숫도림.

골이 속 속 접히어 들어

꽃가루 묻힌양 날러올라

나래 떠는 햇.

보라빛 해ㅅ살이

幅지어 빗겨 걸치이매,

---

3. 자위 돌아 – 무거운 물건이 있던 자리에서 약간 움직이는 것.
4. 사폿 질ㅅ듯 – 사폿 가볍게 떨어질 듯.
5. 숫도림 – 사람의 발길이 닿지 않은 외진 곳.
6. 幅지어 – 넓은 폭을 이루어.
7. 빗겨 – 비스듬히.

기슭에 藥草들의
소란한 呼吸!

들새도 날러들지 않고
神秘가 한끗 저자 선 한낮.

물도 젖여지지 않어
흰돌 우에 따로 구르고,

닥어 스미는 향기에
길초마다 옷깃이 매워라.

---

8. 한끗 저자 선 한낮 – 한껏 장이 선 것처럼 넓고 가득 퍼진 상태.
9. 길초마다 – 길목마다.

귀또리도

흠식 한양

옴짓

아니 권당.

10. 흠식 한양 – 흠식 들이마신 양.
11. 옴짓 아니 걷다 – 움직이지 않는다. 「春雪」에 "옴짓 아니긔던 고기입이 오믈거
    리는" 이라는 시행이 나온다.

朝 餐

해ㅅ살 피여
이윽한 후,

머흘 머흘
골을 옮기는 구름.

桔梗 꽃봉오리
흔들려 씻기우고.

「朝餐」
* 『문장』 3권 1호(1941. 1)에 발표.
1. 이윽한 후 – 시간이 오래 지난 후.
2. 머흘 머흘 – '머흘다'(험하다)의 어간만을 중첩하여 구름이 크게 피어나는 모습
   을 나타내는 의태어로 썼다.

차돌부리

축 축 竹筍 돋듯.

물 소리에

이가 시리다。

앉음새 갈히여

양지 쪽에 쪼그리고、

서러운 새 되어

흰 밥알을 쫏다。

---

3. 갈히여 – 가리어. 분별하여.

비

돌에
그늘이 차고,

따또 몰리는
소소리 바람.

앞 섰거니 하야
꼬리 치날리여 세우고,

총총 다리 깟칠한

「비」
* 『문장』 3권 1호(1941. 1)에 발표.
1. 차고 ― '가득차다'의 뜻으로 보는 경우도 있는데 문맥을 보면 '차갑다'의 뜻이
   맞는 것 같다.
2. 소소리 바람 ― 회오리바람.

山새 걸음거리.

여울 지여
수척한 흰 물살,

갈갈히
손가락 펴고.

멎은듯
새삼 돋는 비ㅅ낯

붉은 닢 닢
소란히 밟고 잔당

3. 여울 지여 수척한 흰 물살 – 가을이라 수량이 줄어들면서 여울을 이루어 물이
   낮게 흩어지는 모양을 나타냈다.
4. 비ㅅ낯 – 빗낱. 빗방울.

忍 冬 茶

老主人의　膓壁에

無時로　忍冬　삼긴물이　나린다.

자작나무　덩그럭　불이

도로　피여　붉고,

「忍冬茶」

* 『문장』 3권 1호(1941. 1)에 발표.
1. 삼긴물 – '삼기다'를 '삼키다'의 고어로 보면 '삼킨 물', '만들어내다'의 뜻으
   로 보면 '우려낸 물'이 된다. 문맥상으로는 '우려낸 물'이 자연스럽다.
2. 덩그럭 불 – 덩그렇게 떨어져 피어 있는 불.

구석에 그늘 지여

무가 순돋아 파릇 하고,

흙냄새 훈훈히 김도 사리다가

바깥 風雪소리에 잠착 하다。

山中에 冊曆도 없이

三冬이 하이얗다。

---

3. 잠착 하다 – 한 가지 일에 골몰하다. 조용히 가라앉는다.

붉 은 손

엇깨가 둥글고
머리ㅅ단이 칠칠히,
山에서 자라거니
이마가 알빛 같이 희당.
검은 버선에 흰 볼을 받아 신고
山과일 처럼 열어 붉은 손,

「붉은손」
* 『문장』3권 1호(1941. 1)에 발표.
1. 흰 볼을 받아 신고 – 흰 헝겊을 덧대어 기워 신고.

겹 눈을 헤쳐

돌 틈에 드인 물을 따내다.

한줄기 푸른 연기 올라

집웅도 햇살에 붉어 다사롭고,

처녀는 눈 속에서 다시

碧梧桐 중허리 파릇한 냄새가 난다.

수집어 돌아 앉고, 철아닌 나그내 되어,

서려오르는 김에 낯을 비추우며

돌 틈에 이상하기 하눌 같은 샘물을 기웃거리다.

꽃 과 벗

石壁 깎아지른
안돌이 지돌이,
한나잘 긔고 돌았기
이제 다시 아슬아슬 하고나。

일곱 거름 안에
벗은、 呼吸이 모자라
바위 잡고 쉬며 쉬며 오를제、
山꽃을 따、

「꽃과 벗」
　* 『문장』 3권 1호(1941. 1)에 발표.
1. 안돌이 지돌이 – 험한 산길에서 바위 같은 것을 안고 간신히 돌아가게 된 곳이
　　'안돌이' 며 바위에 등을 대고 가까스로 돌아가게 된 곳이 '지돌이' 다.

나의 머리며 옷갓을 꾸미기에,

오히려 바빴다。

山길에 따르기 한결 즐거웠다。

弱하야 다시 威嚴스런 벗을

나는 蕃人처럼 붉은 꽃을 쓰고,

새소리 끊인 곳,

흰돌 이마에 회돌아 서는 다람쥐 꼬리로

가을이 질음을 보았고,

가까운듯 瀑布가 하잔히 울고,

---

2. 蕃人 – 오랑캐. 미개인.
3. 회돌아 – 「鄕愁」에도 나오는 시어다.

메아리 소리 속에

돌아져 오는

벗의 불음이 더욱 골았다。

삽시 掩襲해 오는

비ㅅ낯을 피하야,

김승이 버리고 간 石窟을 찾어들어,

우리는 떨며 주림을 의논하였다。

白樺 가지 건너

질푸르러 쨍그런 먼 물이 오르자,

꼬아리 같이 붉은 해가 잠기고,

---

4. 돌아져 오는 – 반향되어 돌아오는.
5. 비ㅅ낯 – 빗낱. 빗방울.
6. 주림을 의논하였다 – 굶주림을 어떻게 해결할지 의논하였다.
7. 꼬아리 – 꽈리. 꽈리나무의 붉은 열매.

이제 별과 꽃 사이

길이 끊어진 곳에

불을 피고 누었다。

駱駝털 케트에

구기인채

벗은 이내 나븨 같이 잠들고,

높이 구름우에 올라、

나릇이 잡힌 벗이 도로혀

안해 같이 여쁘기에

눈 뜨고 지키기 싫지 않었다。

---

8. 케트 - 킷(kit). 침낭.
9. 나릇이 잡힌 - 나릇은 '수레의 양쪽에 있는 기다란 채'를 뜻한다. 나릇이 잡혔
　 다는 것은 움직일 수 없게 된 상태를 의미한다.

瀑　布

산ㅅ골에서 자란 물도
돌베람빡 낭떨어지에서 겁이　났다.

눈ㅅ뎅이 옆에서 줄다가
꽃나무 알로 우정 돌아

가재가 긔는 골작
외그만 하늘이 갑갑했다.

「瀑布」
＊『조광』 9호(1936. 7)에 발표.
1. 돌베람빡 – 돌벼랑. 석벽.
2. 우정 – 일부러.

갑자기　호슴어질랴니

마음　조일　밖에。

흰　발톱　갈갈이

앙징스레도　할퀸다。

어쨌던 너무　재재거린다。

나려질리자 쫄벳 물도 단번에　감수했다。

심심　산천에　고사리ㅅ밥

모조리　졸리운　날

---

3. 호슴어질랴니 - '호슴다'는 "무엇을 타고 내려올 때 짜릿한 느낌이 드는 것"을
　 말한다. 『정지용시집』의 「다시 海峽」에도 나오는 시어다.
4. "흰 발톱 ~ 할퀸다" - 흰 물살을 발톱에 비유한 것은 『정지용시집』의 「바다 2」
　 에도 나온다.
5. 재재거리다 - 수다스럽게 재잘거리다. 『정지용시집』의 「바다 2」에 나오는 '재
　 재바르다'와 비교해 볼 만하다.
6. 나려질리자 - 갑자기 아래로 떨어지자.
7. 감수했다 - 일상적으로 '십년 감수했다'고 하는 그 '감수'(減壽)일 텐데, 문맥
　 상의 뜻은 '얌전해졌다'는 뜻이다.

송화ㅅ가루
놓랗게 날리네.

山水 따러온 新婚 한쌍
앵두 같이 상긔했다.

돌뿌리 뽀죽 뽀죽 무척 고브라진 길이
아기 자기 좋아라 왔지!

하인리히 하이네ㅅ적부터
동그란 오오 나의 太陽도

겨우 끼리끼리의 발굼치를

조롱 조롱 한나잘 따러왔다.

산간에 폭포수는 암만해도 무서워서

거염 거염 기며 나린다.

溫 井

그대 함피 한나잘 벗어나온 그머흔 끌작이 이제 바람이 차

지하는다 앞냙의 곱은 가지에 걸터어 파람 부는가 하니

창을 바로치놋다 밤 이윽자 화로ㅅ불 아섭어 지고 촉불도

치위라는양 눈섭 아사티느니 나의 눈동자 한밤에 푸르러 누운

나를 지키는다 푼푼한 그대 말씨 나를 이내 잠들이고 옮기셨

는다 조찰한 벼개로 그대 예시니 내사 나의 슬기와 외롬

율 새로 고를 밖에! 땅을 쪼기고 솟아 고히는 태고로 한양 더

운물 어둠속에 홀로 지적거리고 성긴 눈이 별도 없는 거

리에 날리어라.

「溫井」
* 『삼천리문학』 2호(1938. 4)에 발표. 이 시의 무대는 금강산 온정리 바로 그곳
  이다.
1. 함긔 – 함께.
2. 머흔 골작이 – 험한 골짜기.
3. 앞낡의 곱은 가지 – 앞 나무의 굽은 가지.
4. 치위타는양 – 추위 타는 듯.
5. 아사리느니 – 희미하게 움츠러들다. '아스라하다'와 '사리다'와 관계된 말로
  보인다.
6. 푼푼한 그대 말씨 – 『삼천리문학』에는 "푼푼한 그대모습 훈훈한 그대 말씨"로
  되어 있다. 유사한 말의 반복을 제거하는 쪽으로 수정되었다.
7. 조찰한 – 깨끗한. 지용이 애용한 시어의 하나다.
8. 예시니 – 가시니.
9. 태고로 한양 더운물 – 태고로부터 늘 더운 물.
10. 지적거리고 – 지적지적 소리를 내고.

삽 사 리

그날밤 그대의 밤을 지키든 삽사리 피임즉도 하이 짙은 울 가
시사립 굳이 닫히었거니 멋문이오 미닫이오 안의 또 촉불 고
요히 돌아 환히 새우었거니 눈이 치로 싸힌 고삿길 인기척도
아니하였거니 무엇에 후젓허든 맘 못뇌히 길래 그리 짖었드러니
어름알로 잔돌사이 뚫토라 죄죄대든 개울 물소리 긔여 들세라
큰 봉을 돌아 둥그레 둥긋이 넘쳐오든 이윽달도 선뜻 나려 설세라
이저리 서대든것이러냐 삽사리 그리 굴음즉도 하이 내사 그
대ㄹ 새레 그대것엔들 다흘법도 하리 삽사리 짖다 이내 허울
한 나뭇 도사리고 그대 벗으신 곻은 신이마 위하며 자드니라.

「삽사리」
* 『삼천리문학』 2호(1938. 4)에 발표. '삽사리'는 '揷煞' 즉 귀신이나 액운(살)을 쫓는(삽) 개라는 뜻을 갖고 있다.
1. 괴임즉도 하이 – 사랑받을 만도 하구나.
2. 짙은 울 가시사립 – 두터운 울타리 가시나무 사립문.
3. 치로 싸힌 고샅길 – 키까지 쌓인 좁은 골목길.
4. 후졋허든 – '호젓하다' (무서운 느낌이 들 만큼 고요하고 쓸쓸하다)의 변형.
5. 뚫로라 죄죄대던 – 뚫느라고 재재거리는 소리를 내던.
6. 괴여 들세라 – 기어 들까 염려하여.
7. 이윽달 – 시간이 경과되어 만월에 가까운 달.
8. 서대든것이러냐 – '서성이며'와 '나대다'의 합성어로, 이리저리 왔다 갔다 하며 바삐 움직이는 모양을 나타낸 것이다.
9. 그대ㄹ 새레 그대것엔들 다흘법도 하리 – 그대는커녕 그대의 물건엔들 닿을 법하겠느냐?(닿을 수 없을 것이다.)
10. 허울한 나룻 – 헙수룩한 털. '허울한'은 『정지용시집』의 「봄」에도 나오는 시어다.

나 븨

시기지 않은 일이 서둘러 하고싶기에 暖爐에 싱싱한 물푸레

갈어 지피고 燈皮 호 호 닦어 끼우어 심지 튀기니 불꽃

이 새록 돋다 미리 떼고 걸고보니 칼렌다 이튿날 날자가 미

리 붉다 이제 차츰 밟고 넘을 다람쥐 등솔기 갈이 구브레 벋

어나갈 連峯 山脈길 우에 아슬한 가을 하늘이여 秒針 소리 유

달리 뚝닥 거리는 落葉 벗은 山莊 밤 窓유리까지에 구름이

「나븨」
* 『문장』 3권 1호(1941. 1)에 발표.
1. 시기지 – 시키지.
2. 새록 – 새롭게.
3. 드뉘니 – 덮이니. 낮게 깔리니. 강세의 뜻을 지닌 '드'와 가로놓인다는 뜻의 '누이니'의 결합.

드뉘니 후 두 두 落水 짓는 소리 크기 손바닥만한 어인

나븨가 따악 붙어 드려다 본다 가엽서라 열리지 않는 窓

주먹쥐어 징징 치니 날을 氣息도 없이 네 壁이 도토혀 날개와 떤다

海拔 五千呎 우에 떠도는 한조각 비맞은 幻想 呼吸하노라 서

룰러 붙어있는 이 自在畵 한幅은 활 활 불피여 담기여 있는 이상

스런 季節이 몹시 부러웁다 날개가 찢여진채 검은 눈을 잔

나비처럼 뜨지나 않을가 무섭어라 구름이 다시 유리에 바위처럼

부서지며 별도 휩쓸려 나려가 山아래 어닌 마을 우에 총총 하뇨

白樺숲 회부옇게 어정거리는 絕頂 부유스름하기 黃昏같은 밤。

---

4. 나븨 – 나비 이 시의 배경은 낙엽도 다 떨어진 늦가을 해발 1,500미터 높이에 있는 산장이다. 이런 상황에 나비가 나타난다는 것은 상상의 소산일 가능성이 많다.

5. 도로혀 – 도리어.

6. 五千呎 – 오천 피트(feet). 1 피트는 약 30 센티미터이므로 1,500 미터의 높이다.

7. 呼吸하노라 서툴리 붙어있는 – 호흡하느라고 서투르게 붙어 있는.

8. 自在畵 – 사전적인 뜻은 "도구를 사용하지 않고 손으로만 그린 그림"이다. 그러나 여기서는 스스로 존재하는 그림이란 뜻에 더 가깝다.

진달래

한골에서 비를 보고
한골에서 바람을 보다
한골에 그늘

딴골에 양지
따로 따로 갈어 밟다
무지개 해ㅅ살에 빗걸린

골
山벌떼 두름박 지어
위잉 위잉 두르는 골 雜木수

풀 누릇 붉웃 어우러진 속에
감초혀 낮잠 듭신 칙법 냄새 가장

자리를 돌아
어마 어마 기여 살어 나온 골
上峯에 올라

「진달래」
 * 『문장』 3권 1호(1941. 1)에 「진달래」로 발표.
 1. 갈어 – 바꾸어.
 2. 두름박 지어 – 뒤웅박처럼 무리를 지어.
 3. 감초혀 – 감추어져.

별보다 깨끗한 돌을 드니 白樺가지 우에 하도 푸른 하늘……포

르르…… 온산중 紅葉이 수런 수런 거린다 아래ㅅ절

불켜지 않은 장방에 들어 목침을 달쿠어 발바닥 꼬아리를 슴슴 지

며 그제사 범의 욕을 그놈 저놈 하고 이내 누었다 바로

머리 맡에 물소리 흘리며 어늬 한곬으로 빠져 나가다가 난데

없는 철아닌 진달레 꽃사태를 만나 나는 萬身을 붉히고 서다.

---

4. 어마 어마 긔여 - 어마어마한 곳을 간신히 기어 나왔다는 뜻이 내포되어 있다.
5. 꼬아리 - 꽈리처럼 둥글게 파인 부분.
6. "바로 머리 맡에 ~ 붉히고 서다" - 꿈의 장면을 묘사한 것이다.

호랑나븨

書具를 메고 山을 疊疊 들어간 후 이내 踪跡이 杳然하다

丹楓이 이울고 峯마다 찡그리고 눈이 날고 嶺우에 賣店은 멋

문 속문이 닫히고 三冬내— 열리지 않었다 해를 넘어 봄

이 절도록 눈이 처마와 키가 같었다 大幅 캔바스 우에는

木花송이 같은 한떨기 지난해 흰 구름이 새로 미끄러지고 瀑

「호랑나븨」
* 『문장』 3권 1호(1941. 1)에 발표.
1. 이울고 – 시들고.
2. 戀愛가 비린내를 풍기기 시작했다 – 연애 사건이 사람들에게 알려지게 되었다.
   정사한 시체가 부패하여 비린내를 풍기기 시작했다는 뜻으로 본다.

布 소리 차츰 불고 푸른 하눌 되돌아서 오건만　구두와 안ㅅ신

이 나란히 노힌채 戀愛가 비린내를 풍기기 시작했다　그날밤 집

집 들창마다 夕刊에 비린내가 끼치었다　博多 胎生 수수한 寡

婦 흰얼골 이사 准陽 高城사람들 끼리에도 익었건만　賣店

바깥 主人 된 畵家는 이름조차 없고 松花가루 노황고　뻑 뻑

국 고비 고사리 고부라지고　호랑나븨 쌍을 지여 훨 훨 靑山

을 넘고.

---

3. 夕刊에 비린내가 끼치었다 – '끼치다'는 어떤 기운이 덮치듯이 밀려드는 것을 뜻한다. 그러니까 석간에 이 사건이 보도되어 널리 알려지는 것을 의미한다.
4. 博多 胎生 – 일본의 하카다(博多) 태생. 하카다는 규슈 북쪽 후쿠오카 서쪽 해안에 있는 항구 도시다.
4. 准陽 – '准陽'(회양)이 맞는 말이다.

禮裝

모, 오, 닝코, 오트, 에   禮裝을 가추고   大萬物相에 들어간 한 壯年紳
士가 있었다   舊萬物 우에서 알로 나려뛰었다   웃저고리는
나려 가다가 중간 솔가지에 걸리여 벗겨진채   와이샤쓰 바람에
넥타이가 다칠세라 납죽이 업드렸다   한겨울 내― 흰손바닥 같
은 눈이 나려와 덮어 주곤 주곤 하였다   壯年이 생각하기를
「숨도아이에 쉬지 않어야 춥지 않으리라」고   주검다운 儀式을 가
추어 三冬내― 俯伏하였다   눈도 회기가 겹겹이 禮裝 같이
봄이 질어서 사라지다,

「禮裝」
* 『문장』 3권 1호(1941. 1)에 발표.
1. 大萬物相, 舊萬物 – 금강산 명승지의 지명.
2. 주검다운 儀式 – 죽은 몸에 어울리는 의식. 즉 움직이지 않고 삼동내 부복(고개
   를 숙이고 엎드림)해 있었던 것을 의식을 갖춘 것으로 보았다.

I

船醉

海峽이 일어서기로만 하니깐

배가 한사코 거여오르다 미끄러지곤 한당。

괴롬이란 참지 않어도 겪어지는것이

주검이란 죽을수 있는것 같이。

腦髓가 튀어나올랴고 지긋지긋 견딘당。

꼬꼬댁 소리도 할수 없이

「船醉」
* 발표지를 알 수 없음.
1. "괴롬이란 ~ 죽을 수 있는 것 같이" - 괴로움은 참아내기도 전에 먼저 다가오고 이렇게 괴로울 바에야 죽을 수도 있겠다는 생각이 드는 것.
2. "腦髓 ~ 견딘다" - 뇌수가 튀어나올 것 같은 괴로움까지도 지긋지긋하게 견뎌낸다.

얼빠진 장닭처럼 건들거리며 나가니

甲板은 거북등처럼 뚫고나가는데 海峽이 업히랴고만 한다.

젊은 船員이 숫제 하-모니카를 불고 섰다。

바다의 森林에서 颱風이나 만나야 感傷할수 있다는듯이

암만 가려 드딘대도 海峽은 자꼬 꺼져들어간다。

水平線이 없어진 날 斷末魔의 新婚旅行이여!

오즉 한날 義務를 찾어내어 그의 船室로 옮기다。

祈禱도 허락되지 않는 煉獄에서 尋訪하랴고

---

3. 얼빠진 장닭 – 뇌수가 튀어나온다, 꼬꼬댁 소리 등의 말에서 수탉이 연상된 것.
4. 感傷할수 있다는듯이 – 이 정도의 파도는 아무 것도 아니고 태풍이나 만나야 비
　로소 슬퍼하고 걱정할 것이라는 뜻.
5. 水平線이 없어진 날 – 풍랑이 심해서 잔잔한 수평선이 사라진 날.

階段을 나리랴니깐
階段이 올라온다。

또어를 부둥켜 안고 記憶할수 없다。

하눌이 쬐여 들어 나의 心臟을 짜노라고

令孃은 孤獨도 아닌 슬픔도 아닌

올빼미 같은 눈을 하고 체모에 긔고있다。

愛憐을 베풀가 하면

즉시 嘔吐가 재촉된다。

---

6. 令孃 – 이 시의 화자는 신혼여행에 나선 신랑이다. 신랑의 입장에서 신부를 영양(남의 딸을 높여부르는 말)이라고 했다.
7. 체모에 긔고있다 – 체면을 겨우 지키며 힘들어 하고 있다.
8. "愛憐을 ~ 재촉된다" – 신부에게 사랑과 연민의 감정을 나타내 볼까 하면 즉시 자신에게 구토가 밀려든다.

連絡船에는 일체로 看護가 없다。

징을 치고 뚜우 뚜우 부는 외에

우리들의 짐짝 트렁크에 이마를 대고

여덜시간 내ー 懇求하고 또 울었다。

流線哀傷

생김생김이 피아노보담 낫다.

얼마나 뛰어난 燕尾服맵시냐。

산뜻한 이紳士를 아스빨트우로 꼰돌라인듯

몰고들 다니길래 하도 딱하길래 하로 청해왔다。

손에 맞는 품이 길이 아조 들었다。

열고보니 허술히도 半音키-가 하나 남었더라。

「流線哀傷」
 * 『시와 소설』 1호(1936. 3)에 발표. 둘째 가라면 서러워할 당대 모더니스트들의
   모임인 구인회의 첫 기관지에 작품을 발표한다는 중압감 때문인지 수수께끼처
   럼 난해한 시를 제작했다. 이 시의 대상을 자동차로 본다.
1. 꼰돌라 – 곤돌라(gondola). 베니스의 명물인 작은 배.
2. 半音키 – 피아노의 반음 키처럼 검은 손잡이.

줄창 練習을 시켜도 이건 철로판에서 밴 소리로구나.

舞臺로 내보낼 생각을 아예 아니했다.

애초 달랑거리는 버릇 때문에 궂인날 막잡어부렸다.

함초롬 젖어 새초롬하기는새레 회회 떨어 다듬고 나선다.

대체 슬퍼하는 때는 언제길래

아장아장 팩팩거리기가 위주냐.

허리가 모조리 가느래지도록 슬픈 行列에 끼여

아초 천연스레 굴든게 옆으로 솔처나자—

---

3. 철로판에서 밴 소리 – 철로판에서 배운 소리. 자동차의 소음을 나타낸 듯.
4. 막잡어부렸다 – 바로 운행하게 했다.
5. 새초롬하기는새레 – 새침해지기는커녕.
6. “허리가 ~ 천연스레 굴든게” – 사람과 인력거와 자동차를 피하느라고 허리가
   가느러질 정도로 요리조리 피하며 천연덕스럽게 행동하던 것이
7. 솔처나자 – ‘빠져나오자’ 의 뜻으로 추측됨.

春川三百里 벼루ㅅ길을 냅다 뽑는데

그런 喪章을 두른 表情은 그만하겠다고 빽ㅡ 빽ㅡ

몇킬로 휘달리고나서 거북 처럼 興奮한다.

징징거리는 神經방석우에 소스듬 이대로 견딜 밖에.

쌍쌍이 날러오는 風景들을 뺨으로 헤치며

내처 살풋 엉긴 꿈을 깨여 진저리를 첬다.

어늬 花園으로 피여내어 바눌로 찔렀더니만

그만 蝴蝶 같이 죽드라.

---

8. 벼루ㅅ길 - 벼랑길. 강가나 바닷가의 낭떠러지를 따라 난 위험한 길.
9. 喪章을 두른 表情 - 엄숙한 표정. 조금 전까지 보여준 젊잖은 운행 스타일을
   말한다.
10. 빽ㅡ 빽ㅡ - 자동차의 경적 소리를 나타낸 듯하다.
11. 징징거리는 神經방석우에 - 짜증이 나고 신경이 날카로운 상황에서.
12. 소스듬 - 고어 '소솜'(잠깐)과 관련있을 듯. 어떤 상황을 그런 대로 견뎌내는 것.
13. 내처 - 이어서.
14. "어늬 花園으로 ~ 胡蝶 같이 죽드라" - 어느 경치 좋은 화원으로 가자고 하여
   차를 정지시켰더니 바늘 같은 것을 찔러 시동을 끄고 자동차가 조용해졌다는 뜻.

III

春雪

문 열자 선뜻!
먼 산이 이마에 차라.

雨水節 들어
바로 초하로 아츰,

새삼스레 눈이 덮힌 뫼뿌리와
서늘옵고 빛난 이마받이 하다。

「春雪」
　＊『문장』1권 3호(1939. 4)에 발표.

어름 금가고 바람 새로 따르거니

흰 옷고롬 절로 향긔롭어라.

아아 꿈 같기에 설어라.

웅숭거리고 살어난 양이

미나리 파릇한 새순 돋고

옴짓 아니긔던 고기입이 오믈거리는,

꽃 피기전 철아넌 눈에

핫옷 벗고 도로 칩고 싶어라.

---

1. 옹숭거리고 – 몸을 옹그리고.
2. 옴짓 아니긔던 – 움직이지 않던.
3. 핫옷 – 솜옷.

小 曲

물새도 잠들어 짓을 사리는

이아닌 밤에,

明水臺 바위틈 진달래 꽃

어쩌면 타는듯 붉으뇨.

오는 물, 기는 물,

내쳐 보내고, 헤여질 물

바람이사 애초 못믿을손,

입마추곤 이내 옮겨가네.

「小曲」
  * 『여성』 27호(1938. 6)에 「明水臺 진달래」로 발표.
  1. 明水臺 – 지금 흑석동 한강변에 있던 옛 지명.

해마다 제철이면
한둥걸에 핀다기소니,

들새도 날러와
애닯다 눈물짓는 아츰엔,

이울어 하롱 하롱 지는 꽃닢,
설지 않으랴, 푸른물에 실려가기,

아깝고야, 아기 자기
한창인 이 봄ㅅ밤을,
초ㅅ불 켜들고 밝히소。
아니 붉고 어쩌료。

파 라 솔

蓮닢에서 연닢내가 나듯이
그는 蓮닢 냄새가 난다。

海峽을 넘어 옮겨다 심어도
푸르리라、海峽이 푸르듯이。

불시로 상긔되는 뺨이
성이 가시다、꽂이 스사로 괴롭듯。

「파라솔」
　* 『중앙』 32호(1936. 6)에 「明眸」로 발표.

눈물을 오래 어리우지 않는다。

輪轉機 앞에서 天使처럼 바쁘다。

붉은 薔薇 한가지 골로기를 평생 삼가리、

대개 흰 나리꽃으로 선사한다。

월래 벅찬 湖水에 날러들었던것이라

어차피 헤기는 헤여 나간다。

學藝會 마지막 舞臺에서

自暴스런 白鳥인양 흥청거렸다。

---

1. 自暴스런 白鳥 - 여기서 자포(自暴)는 자포자기(自暴自棄)의 준말이다. 자신을
   버리고 돌보지 않는 백조라는 뜻이다.

부끄럽기도하나 잘 먹는다

끔직한 비―프스테이크 같은것도!

오따스의 疲勞에

태엽 처럼 풀려왔다.

또어를 안으로 잠겄다.

람프에 갓을 씨우자

祈禱와 睡眠의 內容을 알 길이 없다.

咆哮하는 검은밤、그는 鳥卵처럼 희다.

구기여지는것 젓는것이

아조 싫다。

파라솔 갈이 채곡 접히기만 하는것은

언제든지 파라솔 갈이 펴기 위하야ㅡ

별

窓을 열고 눕다.

窓을 열어야 하눌이 들어오기에.

벗었던 眼鏡을 다시 쓰다.

日蝕이 개이고난 날 밤 별이 더욱 푸르다.

별을 잔치하는 밤

흰 옷과 흰자리로 단속하다.

「별」
* 발표지 알 수 없음.

세상에 안해와 사랑이란

별에서 치면 지저분한 보금자리.

돌아 누어 별에서 별까지

海圖 없이 航海하다.

별도 포기 포기 솟았기에

그중 하나는 더 획지고

하나는 갖 낳은 양

여럿 여럿 빛나고

---

1. 획지고 - 윤곽이 뚜렷하고.

하나는 發熱하야

붉고 떨고

회회 돌아 살어나는 燭불!

바람엔 별도 쓸리다

砂金을 흘리는 銀河!

찬물에 씻기여

마스트 알로 섬들이 항시 달려 왔었고

별들은 우리 눈섭기슭에 아스름 港口가 그립다.

大熊星座가
기웃이 도는데!

淸麗한 하늘의 悲劇에
우리는 숨소리까지 삼가다.

理由는 저세상에 있을지도 몰라
우리는 제마다 눈감기 싫은 밤이 있다.

잠재기 노래 없이도
잠이 들다.

---

2. 淸麗한 하늘의 悲劇 – 맑고 아름다운 하늘의 비극. 이것은 밤하늘의 신비로운
움직임을 의미하는 것이기 때문에 실제로는 비극이 아니다.

슬픈 偶像

이밤에 安息하시옵니까.

내가 홀로 속에ㅅ소리로 그대의 起居를 問議할삼어도 어찌 홀한

말로 불일법도 한 일이오니까.

무슨 말슴으로나 좀더 높일만한 좀더 그대께 마땅한 言辭가 없

사오리까.

눈감고 자는 비달기보담도、꿋그림자 옮기는 겨를에 여미며 자는

꿋봉오리 보담도、어여삐 자시올 그대여!

「슬픈 偶像」
* 『조광』 29호(1938. 3)에 발표. 여성의 외형을 통해 자신이 추구하는 세계를 나
  타낸 시다.
1. 問議할삼어도 – 문의한다 하더라도.
2. 홀한 – 거칠고 가벼운.

그대의 눈을 들어 푸리 하오리까.

속속 드리 맑고 푸른 湖水가 한쌍.

밤은 함폭 그대의 湖水에 깃드리기 위하야 있는 것이오리까.

내가 감히 金星노릇하야 그대의 湖水에 잠길법도 한 일이오리까.

단정히 여미신 입시울, 오오, 나의 禮가 혹시 홀으러질가하야 다

시 가다듬고 푸리 하겠나이다.

여러가지 연유가 있사오나 마침내 그대를 암표범 처럼 두리고 嚴

威롭게 우러르는 까닭은 거기 있나이다.

아직 남의 자최가, 놓이지 못한, 아직도 오를 聖峯이 남어있으량이

---

3. 푸리 하오리까 - 풀이하오리까.
4. 두리고 - 두려워하고.
5. 嚴威롭게 - 엄숙하고 위풍이 있게.

면, 오직 하나일 그대의 눈(雪)에 더 희신 코, 그러기에 불행하시게

도 季節이 爛熳할지라도 항시 高山植物의 향기외에 맡으시지 아니

하시옵니다。

敬虔히도 조심조심히 그대의 이마를 우러르고 다시 뺨을 지나 그

대의 黑檀빛 머리에 겨우겨우 숨으신 그대의 귀에 이르겠나이다。

한 姿勢이었으나 무엇을 들음인지 알리 없는것이었나이다。

希臘에도 이오니아 바닷가에서 본적도한 조개껍질、항시 듣기 위

기름 같이 잠잠한 바다、아조 푸른 하늘、갈메기가 앉어도 알수 없이

흰 모래、거기 아모것도 들릴것을 찾지 못한 적에 조개껍질은 한

---

6. 눈(雪)에 더 희신 코 - 눈보다 더 희신 코.
7. 한갈로 - 한결같이.

갈로 듣는 귀를 잠착히 열고 있기에 나는 그때부터 아조 외로운 나그네인것을 깨달었나이다。

마침내 이 세계는 비인 껍질에 지나지 아니한것이、하늘이 쓰이우고 바다가 돌고 하기로소니 그것은 결국 딴 세계의 껍질에 지나지 아니하였읍니다。

조개껍질이 잠착히 듣는것이 실로 다른 세계의것이었음에 틀림없었거니와 내가 어찌 서럽게 돌아서지 아니할수 있었겠읍니까。

바람소리도 아모 뜻을 이루지 못하고 그저 겨우 어룰한 소리로 떠돌아다닐뿐이었읍니다。

---

8. 잠착히 - 골몰히. 조용히. 「忍冬茶」에도 나오는 시어다.
9. 어룰한 - '어눌(語訥)한' 에서 온 말. 불분명한.

그대의 귀에 가까히 내가 彷徨할때 나는 그저 외로히 사라질 나

그네에 지나지 아니하옵니다。
그대의 귀는 이 밤에도 다만 듣기 위한 맵시로만 열리어 계시

기에!
이 소란한 세상에서도 그대의 귀기슭을 둘러 다만 주검같이 고

요한 이오니아바다를 보았음이로소이다。
이제 다시 그대의 깊고 깊으신 안으로 敢히 들겠나이다。

심수한 바다 속속에 온갓 神秘로운 珊瑚를 간직하듯이 그대의 안
에 가지가지 귀하고 보배로운것이 가초아 계십니다。

먼저 놀라올 일은 어쩌면 그렇게 속속드리 좋은것을 진히고 계

신 것이옵니까、

心臟、 얼마나 珍奇한것이옵니까、

名匠 希臘의 손으로 誕生한 不世出의 傑作인 뮤ー즈로도 이 心

臟을 차지 못하고 나온 탓으로 마침내 美術館에서 슬픈 歲月을 보

내고 마는것이겠는데 어쩌면 이러한것을 가지신것이옵니까、

生命의 聖火를 끊임없이 나르는 白金보다도 갑진 도가니인가 하오

면 하늘과 따의 悠久한 傳統인 사랑을 모시는 聖殿인가 하옵니다。

빛이 항시 濃艶하게 붉으신것이 그러한 證左로소이다。

그러나 간혹 그대가 세상에 향하사 窓을 열으실때 心臟은 羞恥

를 느끼시기 가장 쉬웁기에 영영 안에 숨어버리신것이로소이다。

그 외에 肺는 얼마나 華麗하고 新鮮한것이오며 肝과 膽은 얼마나 妖艶하고 深刻하신것이옵니까.

그러나 이들을 지나치게 빛갈로 의논할수 없는 일이옵니다.

그윽한 골안에 흐르는 시내요 神秘한 강으로 푸리할것도 있으시오나 대강 涉獵하야 지나옵고,

해가 솟는듯 달이 뜨는듯 옥토끼가 조는듯 뛰는듯 美妙한 伸縮과 彎曲을 갖은 적은 언덕으로 비유할것도 둘이 있으십니다.

이러 이러하게 그대를 푸리하는 동안에 나는 迷宮에 든 낯선 나

---

10. 적은 언덕으로 비유할것 – 유방을 뜻한다.

그내와 같이 그만 길을 잃고 헤매겠나이다。

그러나 그대는 이미 모히시고 음치시고 마련되시고 配置와 均衡

이 完全하신 한 덩이로 계시어 象牙와 같은 손을 여미시고 발을

高貴하게 포기시고 계시지 않읍니까。

그러고 智慧와 祈禱와 呼吸으로 純粹하게 統一하셨나이다。

그러나 完美하신 그대를 푸티하올때 그대의 位置와 周圍를 또한

反省치 아니할수 없나이다。

거듭 말슴이 번거러우나 월래 이세상은 비인 껍질 같이 허탄하온

대 그중에도 어찌하사 孤獨의 城舍를 差定하여 계신것이옵니까。

---

11. 허탄하온대 - 거짓되고 미덥지 않은데.
12. 差定하여 - 자리를 정하여.

그리고도 다시 明澈한 悲哀로 방석을 삼어 누어 계신것이옵니까。

이것이 나로는 매우 슬픈 일이기에 한밤에 짓지도 못하올 暗澹

한 삽살개와 같이 蒼白한 찬 달과 함께 그대의 孤獨한 城舍를 돌

고 돌아 守直하고 嘆息하나이다。

不吉한 豫感에 떨고 있노니 그대의 사랑과 孤獨과 精進으로 因

하야 그대는 그대의 온갖 美와 德과 華麗한 四肢에서、오오、

그대의 典雅 燦爛한 塊體에서 脫却하시여 따로 따기실 아츰이 머

지않어 올가 하옵니다。

그날아츰에도 그대의 귀는 이오니아바다ㅅ가의 흰 조개껍질 같이

---

13. 塊體 - 몸둥이.
14. 脫却 하시여 - 벗어나시어.
15. 따기실 - '다기실'의 오기가 아닌지? 그렇다면 '가까이 옮아가실'의 뜻.

역시 뜯는 맵시토만 열고 계시겠읍니까。

흰 나리꽃으로 마지막 裝飾을 하여드리고 나도 이 이오니아바다

스가를 떠나겠읍니다。

---

16. 흰 나리꽃 -「파라솔」에도 나오는 시어다. 시인의 결벽성을 짐작케 한다.

耳目口鼻

사나운 김승일수록 코토 말는 힘이 날카로워 우리가 아모런 냄새도 찾어내지 못할적에도 쉐퍼ー드란 놈은 별안간 씩씩거리며 제꼬리를 제가 물고 뺑뺑이를 치다시피하며 땅을 호비어 파며 짓으며 달리며 하는 꼴을 보면 워낙 길들은 김승일지라도 지겁고 무서운 생각이 든다。 이상스럽게는 눈에 보히지아니하는 도적을 맡어내는것이다。 서령 도적이기로서니 도적놈 냄새가 따로 있을게야 있느냐말이다。 딴 골목에서 제홀로 파리를 치는 암놈의 냄새를 만나도 보기전에 말아내며 설레고 낑낑거린다면 그것은 혹시 몰라 그럴사한 일이니 견주어 말하기에 禮답지 못하나마 사람끼리에도 그만한 嗅覺은 說明

할수 있지아니한가。 도적이나 범죄자의 냄새란 대체 어떠한것일가。 사람이 죄로 인하야 육신이 영향을 입는다는것은 체온이나 혈압이나 혹은 신경작용이나 심리현상으로 세밀한 의논을 할수있을것이나 직접 농후한 악취를 발한대서야 견딜수 있는일이냐말이다。 예전 성인의 말슴에 죄악을 범한자의 영혼은 문둥병자의 육체와 같이 부패하여 있다 하였으니 만일 영혼을 직접 냄새로 맡을수만 있다면 그야말로 견듸여내지 못할 별별 악취가 다 있을것이니 이쯤 이야기하여 오는 동안에도 어쩐지 몸이 군시럽고 징그러워진다。 다행히 嗅覺이란 그렇게 예민한것으로 되지않았기에 서로 연애나 약혼도 할수있고 禮를 가추어 현구고도 할수도 있고 자진하여 손님노릇하러가서 융숭한 대접도 받을수 있고 랏쉬 아워 전차속에서도 그저 견딜만하고 重大한 議事를 끝까지 진행하게 되는것이 아니었던가。 더욱이 다행한 일은 약

간의 경찰범이외에는 쉐퍼ー드란 놈에게 쫓겨리 없이 대개는 물러어죽

지않고 지나온것이다。그러나 사람으로 말하면 그의 嗅覺의 不完全함

으로 인하야 姑息之計를 이이어나가거니와 純粹한 靈魂으로만 存在

한 天使로 말하면 헌누덕이 같은 육체를 갖지않고 超自然的 靈覺과

智慧를 가추었기에 사람의 靈魂狀態를 꿰뚫어 간섭하기를 해人빛이

유리를 지나듯 할것이다。위태한 湖水가로 달리는 어린아이뒤에 바

로 천사가 따러 보호하는바에야 죄악의 절벽으로 달리는 우리 영혼

뒤에 어찌 천사가 애타하고 슬퍼하지 않겠는가。물고기는 부패하랴는

즉시부터 벌서 냄새가 다르다。영혼이 죄악을 계획하는 순간에 천

사는 코를 막고 쩡그릴것이 분명하다。세상에 쉐퍼ー드를 경게할만한

인사는 모름즉이 천사를 두려워하고 사랑할것이어니 그대가 이세상

에 떨어지자 하눌에 별이 하나 새로 웃았다는 神話를 그대는 무슨

理由로 믿을수 있을것이냐。그러나 그대를 항시 보호하고 일깨우기 위하야 천사가 따른다는 信仰을 그대는 무슨 理論으로 拒否할것인가。천사의 嗅覺이 해ㅅ빛처럼 섬세하고 또 신속하기에 우리의것은 월석 무듸고 거칠기에 우리는 도토혀 천사가 아니었던 행복을 누릴수 있는것이었으니 이세상에 거룩한 향내와 깨끗한 냄새를 가리어 맡을수 있는것이니 五月ㅅ달에도 木蓮花아래 섰을때 우리의 五官을 얼마나 恍惚히 調節할수 있으며 薔薇의 眞髓를 뽑아 몸에 진힐만 하지아니한가。쉐퍼ㅡ드란놈은 木蓮의 향기를 감촉하는것 같이도 아니하니 木蓮花아래서 그놈의 아모런 表情도 없는것을 보아도 짐작할것이다。대개 경찰법이나 암놈이나 고기ㅅ덩이에 날카로울뿐인것이 분명하니 또 그리고 그러한 등속의 냄새를 찾여낼때 그놈의 소란한 동작과 황당한 얼골짓을 보기에 우리는 저윽이 괴롬을 느낄수 밖에 없다。

사람도 혹시는 부지중 그러한 洗練되지못한 表情을 숨기지 못할적
이 없으란법도 없으니 불시로 침입하는 냄새가 그렇게 妖艶한 때이
다. 그러기에 人類의 얼골을 다소 壯重히 보존하여 불시로 焦燥히
흘으러짐을 항시 경게할것이요 耳目口鼻를 골르고 삼갈것이로다.

禮 讓

電車에서 나리어 바로 뻐스로 連絡되는 距離인데 한 十五分 걸린다
고 할지요。 밤이 이윽해서 돌아갈 때에 대개 이 뻐스안에 몸을 실
러게 되니 별안간 暴醉를 느끼게 되어 얼골에서 우그럭 우그럭하는
무슨 音響이 일든것을 가까수로 견디며 쭈그리고 앉어있거나 그렁
지못한 때는 잡자기 헌솜 같이 疲勞해진것을 깨다를수 있는것이 이
뻐스안에서 차지하는 잠시동안의 일입니다。 이즘은 어쩐지 밤이 늦어
交朋과 衆人을 떠나서 온전히 제홀로된 때 醉氣와 疲勞가 삽시간에 急
襲하여 오는것을 깨닫게 되니 이것도 體質로 因해서 그런것이 아닐
지요。 뻐스도 옮기기가 무섭게 앉을 자리를 변롱해내야만 하는것도 실

상은 서서 씰리기에 견딜수 없이 醉했거나 삐친 까닭입니다. 오르고 보면 번번히 滿員인데도 다행히 비집어앉을만한 자리가 하나 비어있지 않었겠읍니까. 손바닥을 살짝 내밀거나 혹은 머리를 잠간 굽히든지하여서 남의 사이에 끼일수 있는 略小한 禮儀를 베풀고 앉게 됩니다. 그러나 나의 疲勞를 잊을만하게 그렇게 편편한 자리가 아닌것을 알었읍니다. 양옆에 頑强한 젊은 骨格이 버티고있어서 그 틈에 끼워있으랴니까 물론 편편치못한 理由外에 무엇이겠읍니까마는 서서 씰어지는이보다는 끼워서 흔들리는것이 차라리 安全한 노릇이 아니겠읍니까. 滿員삐스 안에 누가 約束하고 비여놓은듯한 한자리가 대개는 辭讓할수 없는 幸福 같이 반갑은 것이었읍니다. 사람의 日常生活이란 이런 대수롭지 않은 일이 되푸리하는것이 거의 全部이겠는데 이런 하치못한 市民을 위하야 뻐스안에 비인 자리가 있다는것은 말하자면 「아모것도 없다는

것 보담은 겨우 있다는 것이 더 나은 것이다 라는 原理로 돌릴만한
일이 아니겠읍니까。그레도 종시 몸짓이 불편한 것을 그대로 견디어야
만 하는것이니 불편이란 말이 잘못 表現된 말입니다。그자리가 내게 꼭
適合하지 않었던것을 나종에야 알었읍니다。말하자면 동그란 구녁에 네
모진것이 까웠다거나 네모난 구녁에 동그란것이 걸렸을 적에 느낄
수있는 대개 그러한 齟齬感에 多少 焦燥하였던것입니다。그렇기모소니
한 十五分동안의 일이 그다지 대단한 勞役이랄것이야 있읍니까。마침내
몸을 가벼히 솔치어 빠져나와 집에까지의 어둔 골목길을 더덕더덕
걷게되는것이었읍니다。그이튿날 밤에도 그때쯤하여 뻐스에 올르면 그
자리가 역시 비어있었읍니다。滿員뻐스안에 자리 하나가 반드시 비어
있다는 것이나 또는 그자리가 무슨 指定을 받은듯이나 반드시 같은
자리요 반드시 나를 기달렸다가 않히는것이 異常한 일이 아닙니까。

그도 하로이틀이 아니오 여러밤을 두고 한갈토 그러하니 그자리가 나의 무슨 迷信에 가까운 宿緣으도서거나 혹은 무슨 不測한 故障으로 누가 急激히 落命한 자리거나 혹은 洋服궁둥이를 더럽힐만한 무슨 汚點이 있어서거나 그렇게 疑心쩍게 생각되는데 아모리 드려다보아야 무슨 실큿한 血痕같은것도 불지 않었읍니다。하도 여러날밤 같은 現象을 되푸리 하기에 인제는 뻐스에 오르자 꺼어멓게 비어있는 그자리가 내가 끌리지 아니치못할 무슨 검은 運命과 같이 보히어 실큿한대도 그대도 끌리게 되었읍니다。그러나 여러밤을 연해 앉고보니 自然히 자리가 몸에 맞여지며 도로혀 一種의 安易感을 얻게된것입니다。그러나 더욱 怪常한 노릇은 바로 左右에 앉은 두 사람이 밤마다 같은 사람들이었읍니다。나히가 실상 二十안팎 밖에 아니되는 靑春男女 한쌍인데 나는 어느쪽으로도 씰릴수 없는 꽃과 같은

男女이었읍니다。이야기가 차차 怪譚에 가까워갑니다마는 그들의 衣

裳도 무슨 幻影처럼 絢爛한것이었읍니다。혹은 내가 靑春과 流行에 대

한 銳利한 判別力을 喪失한 나히가 되어 그런지는 모르겠으나 밤마다

나타나는 그들 靑春 한쌍을 꼭 한사람들도 여길수 밖에 없읍니

다。이 怪譚과 같은 뻐스안에 異國人과 같은 靑春男女와 말을 바꿀

일이 없었고 말었읍니다。그러나 그자리가 종시 불편하였던 原因을

追勢하여보면 아래 같이 생각되기도 합니다。

1、나의 兩옆에 그들은 너무도 젊고 어여뻤던것임이 아니었던가。

2、그들의 極上品의 비누냄새 같은 靑春의 體臭에 내가 견딜수

없었던 것이 아닐지?

3、실상인즉 그들 사이가 내가 쪼기고 앉을 자리가 아이예 아니

었던것이나 아닐지?

대개 이렇게 생각되기는 하나 그러나 사람의 앉을 자리는 어디를 가든지 定하여지는것도 事實이지요。늙은 사람이 결국 아래목에 앉게되는것이니 그러면 그들 青春男女 한쌍은 나를 위하야 삐스안에 밤마다 아랫목을 비워놓은것이나 아니었을지요? 지금 거울앞에서 아츰 벨타이를 매며 역시 오늘밤에도 비어있을 자리를 꺼어먼 보고섰읍니다。

비

몸이 좀 의실의실한데도 물이 차저지는것은 떳떳한 渴症이 아닌

것을 알수있다.

입시울이 메말르기에 거풀이 까실까실 이른줄도 알었다. 아픈듸가

어듸냐고 하면 아픈듸는 없다고 할수 밖에 없다. 손으로 이마를 진

찰하여 보았다. 알수없다.

이마에 대한 外科가 아닌바에야 이마의 內科이기토소니 손바닥으

토 알수있을게 무어냐. 어떻게 보면 열이 있고 또 어찌 생각하면

열이 없다. 그러나 이 손바닥診察이 아조 無視되어온것도 아니다.

이 법이 본래 할머니께서 내 어린 이마에 쓰시던 법인데 이나희가

되도록 이 법으로 써 대개는 가볍게 흘리어 버리기도 하고 아스피린

따위로 妥協하여 버리기도하고 몸이 찌뿌두데한데도 不拘하고 斷然

否定하여버리고 巷間으로 일부러 분주히 돌아다니기도 하였다。

寄宿舍에서 지날적에는 대개 퍼노힌채토 있던 이불속으로 家畜처

럼 공손히 들어가 모처럼만에 흐르는 눈물이 솜냄새에 눌리워버리

기도 하였다。

대채로 손바닥判斷이 그대로 서게되고 마는것이었다。

오늘도 午後두시의 나의 憂鬱은 나의 이마에 나의 손이 가게되

는것이다。그러나 容易히 決定하지 아니하였다。

보리차를 생각하였다。탁자우에 차스종이 모조리 뒤집혀 놓인대로

있는 놈이 하나도 없다。놓일대로 놓여있음에 틀림없다。그러나 그

것은 차스종으로 차가 마시워졌다는것 밖에 아니된다。이것이 마신

것이로라고 바토 놓아두는것이 한 禮儀로 되었다。

禮儀는 이에 그치고 마침내 차ㅅ종이 있는대로 치근치근하고 지저분하고 보리찌꺼기를 앉친채토 있게되는것이다。

오늘은 날도 몹시 흐리고 음산하다。오믹스 안에는 낫불이 들어왔는데도 밝지 않다。

木覓山 중허리를 나려와 덮은 구름은 무슨 惡意를 품은것이 차라리 더러운 구름이다。十一月 들어서서 비눌같고 자개장식같고 목화 피여 나가듯하는 淡淡한 구름은 아니고만다。

時計가 운다。울곤 씨그르르…… 울곤 씨그르르…… 텁텁한 소리가 따르는것은 저건 무슨 故障일가。짜증이 난다。

鐘이 운다。이약 鐘으로서 무슨 재차분하고 으젓지않은 소리냐。

어쨌든 幼稚園以來로 餘韻을 내보지 못한 소리다。별안간 이 管制

中에 뫼ㅅ도야지 귀창이라도 찟여헤칠만한 激烈한 사이렌소리를 듣고싶다。 지저분한 空氣에 새로운 振幅이 그리웁다。

약간 亢奮을 느낀다。

군데군데가 더웁다。 먼저 이마 그리고 겨드랑이 손이 마자 發熱하고보니 손이란 월래 簡易한 診察에나 쓰는것 밖에 아니된다。

비ㅅ낯이 듣는가 했더니 제법 떨어진다。

亞鉛板 같이 무거운 하늘에서 떨어지는 비는 亞鉛板을 치는 소리가 난다。

뿌리는 비、 날리는 비、 부으 뜬 비、 붓는비、 쏠는 비、 뛰는비、 그저오는 비、 허둥지둥하는 비、 촉촉 좃는 비、 쫑알거리는 비、 지나가는 비、 그러나 十一月 비는 건늬어 가는 비다。 二拍子 폴카춤 스텦을 밟으며。 그리하야 十一月비는 혼히 가외ㅅ것이 많다。

※

벌서 유리창에 날벌레떼 처럼 매달리고 미끄러지고 엉키고 또그르

궁굴고 홈이 지고 한다。 매우 簡易한 風景이다。

그러나 비ㅅ방울은 觀察을 細密히 하게하는것이 아닐가。 내가 오

늘 悠悠히 나를 고늘수 없으니 滿幅의 風景을 앞에 펼칠수 없는

랏이기도 하다。

비ㅅ방울을 시름없이 드려다보는 겨를에 나의 體重이 희한히 가

비야웁고 슬퍼지는것이다。 설영 누가 나의 쭉지를 편으토 창살에

꽂아 둘지라도 그대로 견딜것이리라。

나의 人生도 그많은 恒河沙와 같다는 별중에 하나도 비길배가 아

니오 한접 비ㅅ방울도 떨고 매달린것이 아니런가。

이것은 약간의 渴症으로 인하야 이다지 細心하여지는것이나 아닐

가。그렇지도 아니한것이、뛰어나가 水道를 탁 터치어놓을수 있을것

이겠으나 별로 그러할 맛도 없고 구타여 물을 마시어야 할것도 아

니고 보니 나의 渴症이란 咽喉나 胃腸에 따른것이라기 보다는 純

粹히 神經的이거나 혹은 輕微한 程度도 精神的인것일른지도 모른

다。

오띠스를 벗어나왔다。

레인코오트단초를 꼭꼭 잠그고 깃을 세워 턱아리까지 싸고 소프

트로 누르고 박쥐우산안으로 바짝 들어서서 그리고 될수있는대로 가

리어 드디는것이다。

버섯이 피여오른듯 호줄그레 늘어선 都市에서 진흙이 조금도 긴치

아니하려니와 내가 찬비에 젖어서야 쓰겠는가。

眼鏡이 흐리운다。나는 레인코오트 안에서 움츠렸다。나의 扁桃腺

을 아조 注意하야만 하겠기에、무슨 경황에、포올 예르렌의 슬픈 詩

「거리에 나리는 비」를 읍쪼릴수 없다。

비도 치워 우는듯하야 나의 體熱을 산산히 빼앗길적에 나는 아

므렇지도 않은것 같이 날신하여지기에 결국 아므렇지도 않다고 했

다。

驢馬처럼 떨떨거리고 오는 흰 뻐스를 잡어탔다。

유리쪽마다 비ㅅ낭울이 매달렸다。

오늘에 한해서 나는 한사코 비ㅅ방울에 걸린다。

뻐스는 후루룩 떨었다。

비ㅅ방울은 다시 날려와 붙는다。나는 헤여보고 손가락으로 부벼

보고 아이들 처럼 孤獨하기 위하야 남의 體溫에 끼인대로 참한히 앉

어 있어야 하겠고 남의 늘어진 긴 소매에 가리운대로 잠착하야 하겠다。

비人방울마다 都市가 불을 켰다。 나는 心機一轉하였다。

銀幕에는 봄빛이 한창 어울리었다。 湖水에 물이 넘치고 금잔디에

속 높이 모다 자라고 꽃이 피고 사람의 마음을 피일듯한 흙넘새에

가여운 椿姬도 코를 대고 말는것이다。 미칠듯한 기쁨과 希望에 椿

姬는 회살대며 날뛰고 한다。

마을앞 古木 은행나무에 꿀벌떼가 두룸박 처럼 끓어나와 잉넝거

러는것이다。 마을사람들이 뛰어나와 이 마을직힘 은행나무를 둘러쌓

고 벌떼소리를 해가며 질서 없는 合唱으로 뛰고 노는것이다。 뱀보—

런에、 하다못해 무슨 기명남스레기에 고고랑나발따위를 들고나와 두

들기며 불며 노는것이다。 椿姬는 하얀 질질 끌리는 긴 옷에 검은

떡을 떼고 쟁반을 치며 뛰는 것이다.

동네 큰개도 나와 은행나무 아래ㅅ둥에 앞발을 걸고 벌떼를 집

어 삼킬듯이 컹컹 짖어댄다.

그러나 銀幕에도 갑자기 비도 오고 한다. 椿姬가 점점 슬퍼지고

어두어지지 아니치 못해진다. 椿姬가 콩콩 기침을 할적에 觀客席에

도 가벼운 기침이 流行된다. 節候의 탓으로 혹은 多感한 靑春士女

들의 肺尖에 뿜고 더운 피가 부지중 몰리는것이 아닐가. 무릇 나

는것일지도 모른다.

※

椿姬는 점점 지친다. 그러나 흰나비처럼 파다거리며 흰동백꽃에

恍惚히 의지하련다. 대체로 多少 古風스러운 슬픈이야기라야만 실컷

슬프다.

흰동백꽃이 아조 시들무렵、椿姬는 점점 斷念한다。그러나 椿姬의
눈물은 점점 깊고 洗練된다。
銀幕에 나리는 비는 실로 좋은것이었다。젖여질수 없는 비에 나의
슬픔은 촉촉할대로 젖는다。그러나 女子의 눈물이란 실로 좋은것인
줄을 알었다。男子란 술을 가까히하야 굶을수도 있다。
그러나 女子에있어서는 그럴수 없다。女子란 눈물로 자라는것인가보
다。男子란 賭博이나 決鬪도 臨機應變할수도 있다。그러나 女子란 다
만 戀愛에서 天才다。
동백꽃이 새로 필때마다 椿姬는 다시 산다。그러나 椿姬는 점점
消耗된다。椿姬는 마침내 一家를 完成한다。
옆에 앉은 令孃 한분이 정말 눈물을 흘으러놓는다。견딜수 없이 느
끼기까지 하는것이다。現實이란 어늬 처소에서나 물론하고 處置에 困

難하도록 좀 어리석은것이기도 하고 좀 面暖하기도 한것이다。그레다

까르보 같은 사람도 평상시토 말하면 얼골을 항시 가다듬고 펴고

진득히 구지 않어서는 아니될것이다。먹세는 남보다 골라서 할것이

젔고 실상 사람이란 자기가 타고나온 悲劇이 있어 남몰래 앓을

병과 같어서 속에 진혀두는것이요 대개는 扮裝으로 나서는것임에 틀

럼없다。

어찌하였던 내가 이 映畵舘에서 벗어나가게 되고말었다。

얼마쯤 슬픔과 무게(重量)를 사가지고。

거리에는 비가 이때ㅅ것 흐느끼고 있는데 어둠과 안개가 길에

고 있다。

따이야가 날리고 電車가 쨍쨍거리고 서로 결눈보고 비켜서고 오

르고 나리고 사라지고 나타나는것이 모다 映畵와 같이 流暢하기는

하나 映畵 처럼 곱지 않다。나는 아조 熱해졌다。

검은 커ー틴으로 싼 어둠속에서 蒼白한 感傷이 아즉도 떨고 있

졌으나 나는 먼저 나온것을 後悔치않어도 多幸하다고 하였다。그러

나 다시 한떼를 지어 브로마이드 말려들어가듯 吸收되는 이들이 자

꼬 뒤를 잇는다。

나는 휘황히 밝은 불빛과 고요한 한구석이 그립은것이다。향그러

운 紅茶 한잔으로 입을 추기어야 하겠고 나의 무게를 좀 덜랴만

하겠고 여러가지 점으로 젖여있는 나의 오늘 하로를 좀 가시우고

골러야 견듸겠기에。그러나 하로의 삶으로서 그만치 구기여지는것도

어찌할수 없는 일이다。

별로 女色이나 무슨 酒草 같은것에 가까이 해서야만 그런것이 아

니라 하로를 지나고 저른 후에는 아모리 다리고 편다 할지라도 아조

판판해질수는 없는것이다。더욱이 節候가 이렇게 고루지못하고 身

熱이 좀 있고보면 더욱 그러한것이다。사람의 良識으로 볼지라도 아

모리 淸明하게 닦을지라도 다소 안개가 끼고 끄을고 하는것을 면

키 어려운것이 아닌가。

그러므로 비人방울이라든지、동백꽃이라든지、눈물이라든지、義理、人

情、그러한것들이 모다 아름다운것이가도하고、해로울것도 없고、기뻐

함측도 한것이나 그것이 굴러가는 季節의 磨擦을 따러 하로 삶이

주름이 잡히고 疲勞가 싸힌다。서령 안개 같이 가벼운것임에 지나

지 않을지라도。

이제로 집에 돌아가서 더운김으로 얼골을 흠뻑 추기고 훌훌 마실

수 있는 더운 藥을 마시리라。집사람 보고 부탁하기를 꿈도 없는

잠을 들겠으니 잠드는동안에 땀을 거두어 달라고 하겠다。

아스팔트

거르랑이면 아스팔트를 밟기로 한다。 서울거리에서 흙을 밟을 맛이 무엇이랴。

아스팔트는 고무밑창보담 징 한개 박지 않은 우피 그대로 사뿟사뿟 밟어야 쫀득쫀득 받히우는 맛을 알게된다。 발은 차라리 다이야 처럼 굴러간다。 발이 한사코 돌아다니자기에 나는 자꼬 끌리운다。 발이 있어서 나는 고독치 않다。

街路樹 이팔마다 潑潑하기 물고기 같고 六月초승 하늘아래 밋밋한 高層建築들은 杉나무냄새를 풍긴다。 나의 파나마는 새파라틋 젊을수 밖에。 家犬 洋傘 短杖 그러한것은 閑雅한 敎養이 있어야 하기

에 戀愛는 時間을 甚히 浪費하기 때문에 나는 그러한것들을 걸들일수 없다。 나는 甚히 流暢한 푸로레타리아트! 고무뽈처럼 퐁퐁 튀기어지며 간다。 午後四時 오떡스의 疲勞가 나로 하여금 軌道一切를 밟을수 없게 한다。 작난감 機關車처럼 작난하고싶고나。 풀포기가 없어도 종달새가 나려오지 않어도 좋은, 폭신하고 판판한 만만한 나의 遊牧場 아스떨트! 黑人種은 파인애풀을 통채로 쪼기여 새빨간 입술로 쪽쪽 드리킨다。 나는 아스떨트에서 조금 빗겨들어서면 된다。 탁! 탁! 튀는 生麥酒가 瀑布처럼 싱싱한데 黃昏의 서울은 갑자기 澎漲한다。 불을 켠다。

老人과 꽃

老人이 꽃나무를 심으심은 무슨 보람을 위하심이오니까. 둥이 곱으시고 숨이 차신데도 그래도 꽃을 가꾸시는 양을 뵈오니, 손수 공드리신 가지에 붉고 빛나는 꽃이 매즈러라고 생각하오니, 희고 회신 나룻이나 주름살이 도로혀 꽃답도소이다.

나히 耳順을 넘어 오히려 女色을 길르는 이도 있거니 실로 陋하기 그지없는 일이옵니다. 빛갈에 醉할수 있음은 빛이 어늬 빛일런지 靑春에 마낄것일런지도 모르겠으나 衰年에 오로지 꽃을 사랑하심을 뵈오니 거룩하시게도 정정하시옵니다.

봄비를 맞으시며 심으신것이 언제 바람과 해ㅅ빛이 더워오면 곻은

꽃봉오리가 燭불혀듯 할것을 보실것이매 그만치 老來의 한 季節이

헛되히 지나지 않은것이옵니다。

老人의 枯淡한 그늘에 어린 子孫이 戲戲하며 꽃이 피고 나무와

별이 날며 닝닝거린다는것은 餘年과 骸骨을 裝飾하기에 이러탓 華

麗한 일이 없을듯 하옵니다。

해마다 꽃은 한 꽃이로되 사람은 해마다 다르도다。만일 老人 百

歲後에 起居하시던 窓戶가 닫히고 뜰앞에 손수 심으신 꽃이 爛熳할

때 우리는 거기서 슬퍼하겠나이다。그꽃을 어찌 즐길수가 있으리까.

꽃과 주검을 실로 슬퍼할자는 靑春이요 老年의것이 아닐가 합니다。

奔放히 끓는 情炎이 식고 豪華롭고도 핫핫한 부끄럼과 건질수 없는

괴롬으로 繡놓은 靑春의 웃옷을 벗은 뒤에 오는 淸秀하고 孤高하고

幽閑하고 頑强하기 鶴과 같은 老年의 德으로서 어찌 주검과 꽃을 슬

퍼 하겠읍니까。 그러기에 꽃이 아름다움을 실로 볼수 있기는 老境에서

일가 합니다。

멀리 멀리 나ー 따끝으로서 오기는 初瀨寺의 白牧丹 그중 一

點 淡紅빛을 보기위하야。

의젓한 詩人 포올 클로오델은 모란 한떨기 만나기위하야 이렇듯

멀리 왔더라니、제자위에 붉은 한송이 꽃이 心性의 天眞과 서로 의

지하며 즐기기에는 바다를 몇식 건늬어 온다느니보담 美玉과 같이

琢磨된 春秋를 진히어야 할가 합니다。

실상 靑春은 꽃을 그다지 사랑할배도 없을것이며 다만 하늘의 별

물속의 진주 마음속에 사랑을 表情하기 위하야 꽃을 꺾고 꽂고 선

사하고 찟고 하였을뿐이 아니었읍니까。이도 또한 老年의 智慧와 法
悅을 위하야 靑春이 지나지 아니치 못할 煉獄과 試練이기도 하였읍
니다。
嗚呼 老年과 꽂이 서로 비추고 밝은 그 어늬날 나의 나룻도 눈과
같이 히여지이다 하노니 나머지 靑春에 다이 설레나이다。

피꼬리와 菊花

물오른 봄버들가지를 꺾어들고 들어가도 문안사람들은 부러워하는

데 나는 서울서 피꼬리를 들으며 살게 되었다.

새문밖 감영앞에서 전차를 나려 한 십분쯤 걷는 터에 피꼬리가 우

는 동내가 있다니깐 별로 놀라워하지 않을뿐 외라 치하하는 이도 적다.

바로 이 동내 人士들도 매간에 시세가 얼마며 한평에 얼마 오르

고 나런것이 큰 關心거리지 나의 피꼬리이야기에 어울리는 이가

적다.

이사人집 옮겨다 놓고 한밤 자고난 바로 이튿날 해人살바른 아

츰, 자리에서 일기도 전에 기와人골이 玉인듯 짜르르 짜르르 울려

는 신기한 소리에 놀랐다.

피피리가 바로 앞 나무에서 우는 것이었다.

나는 뛰어나갔다.

적어도 우리집 사람쯤은 부주깽이를 놓고 나오던지 든채로 황황

히 나오던지 해야 피피리가 바로 앞 나무에서 운 보람이 설것이

겠는데 세상에 사람들이 이렇다시도 무딜줄이 있으랴.

저녁때 한가한 틈을 타서 마을둘레를 거니노라니 피피리뿐이 아

니라 까토리가 풀섶에서 푸드득 날러갔다 했더니 장끼가 산이 쩌

르렁 하도록 우는 것이다.

산비들기도 모이를 찾어 마을어구까지 나려오고, 시어머니 진지상

나수어다 놓고선 몰래 동산 밤나무 가지에 목을 매여 죽었다는 며

누리의 넋이 새가 되었다는 며누리새도 울고하는 것이었다.

며누리새는 외진곳에서 숨어서 운다、밤나무꽃이 눈 같이 휠 무렵、

아츰 저녁 밥상 받을 때 유심히도 극성스럽게 우는 새다、실콧하

게도 슬픈 우름에 정말 목을 매는 소리로 끝을 맺는다。

며누리새의 내력을 알기는 내가 열세살적이었다。

지금도 그 소리를 들으면 열세살적 외롬과 슬픔과 무섬탐이 다시

일기에 며누리새가 우는 외진곳에 가다가 밭길을 도리킨다。

나라세력으로 자란 솔들이라 고소란히 서있을수 밖에 없으려니와

바람에 솔소리처럼 안윽하고 서럽고 즐겁고 편한 소리는 없다。오

롯이 敗殘한 후에 고요히 오는 慰安 그러한것을 느끼기에 족한

솔소리、솔소리로만 하더라도 문밖으로 나온 칠수 밖에 없다。

동저고리바람을 누가 탓할 이도 없으려니와 동저고리바람에 따르는

홋홋하고 가볍고 自然과 사람에 향하야 아양떨고싶기까지한 야릇한

情緒 그러한것을 나는 비로소 알어내었다、

팔을 걷기도 한다。그러나 주먹은 잔뜩 쥐고 있어야할 理由가 하

나도 없고、그 많이도 흉을 잡히는 입을 벌리는 버릇도 동저고리

바람엔 조금 벌려두는것이 한층 편하고 수얼하기도 하다。

무릎을 세우고 안으토 깍지를 끼고 그대로 아모데라도 앉을수 있

다。그대로 한나잘 앉었었기토소니 나의 게으른 탓이 될수 없다。머

리우에 구름이 절로 피명 지명 하고 골에 약물이 사철 솟아 주지

아니하는가。

뻐꿈채꽃、엉겅퀴송이、그러한것이 모다 내게는 끔직한것이다。그밀

에 앉고보면 나의 몸둥아리、마음、얼、할것 없이 호탕하게도 꾸미

어지는것이다。

사치스럽게 꾸민 방에 들 맛도 없으려니와、나히 三十이 넘어 애인

이 없을 사람도 뻐끔채 자주꽃 피는데면 내가 실컷 살겠다。

바람이 자면 노오란 보리밭이 후끈하고 송진이 고혀오르고 뻐꾸

기가 서로 불렀다。

아츰 이슬을 흘으며 언덕에 오를때 대소룝지안히 흔한 달기풀꽃

이라도 하나 업수히 녁일수 없는것을 보았다。 이렇게 적고 푸르고

이뿐 꽃이었던가 새삼스럽게 놀라웠다。

요렇게 푸를수가 있는것일가。

손끝으로 익깨어 보면 아깝게도 곱게 푸른 물이 들지않던가。 밤

에는 반디불이 불을 켜고 푸른 꽃닢에 오므라붙는것이었다。

한번은 닭이풀꽃을 모아 잉크를 맏들어가지고 친구들한테 편지를

艶書 같이 써 붙이었다。 무엇보다도 피피리가 바로 앞 남에서 운다는 말

을 알리었더니 安岳친구는 굉장한 치하편지를 보냈고 長城벗은 겸

사겸사 멀리도 집아리를 올라왔었던것이다.

그날사 말고 새침하고 피피리가 울지않었다. 맥주거품도 피피리울

음을 기달리는듯 교요히 이는데 長城벗은 웃기만 하였다.

붓대를 회롱하는 사람은 가끔 이러한 섭섭한 노릇을 당한다.

멀리 연기와 진애를 걸러오는 사이렌소리가 싫지 않게 곱게 와 사

라지는것이었다.

피피리는 우는 제철이 있다.

이제 季節이 아조 바뀌고보니 피피리는 커니와 며누리새도 울지

않고 산비들기만 국성스러워진다.

꽃도 닢도 이울고 지고 산국화도 마지막 슬어지니 솔소리가 억

새여간다.

피피리가 우는 철이 다시 오고보면 長城벗을 다시 부르겠거니와 아

조 이우러진 이 季節을 무엇으로 기울것인가。

동저고리바람에 마고자를 포기어 입고 銀단초를 달리라。

꽃도 朝鮮黃菊은 그것이 꽃중에는 새틈에 피피리와 같은것이다。내

가 이제로 黃菊을 보고 醉하리로다。

비 둘 기

하로 가리쯤 되는 터ㅅ밭이랑에 손이 곱게 돌아가 있다.

갈고 흙덩이 고르고 잔돌 줏고 한것이나 풀포기 한잎 없는것이나 갓골을 거든히 돌라 친것이나 이랑에 흙이 다복 다복 돕으인것이라든지가 바지런하고 일솜씨 미끈한 사람의 할 일이토구나 하였다. 논밭일은 못하였을망정 잘하고 못한것이야 모를게 있으랴.

갈보리를 벌서 뿌리었다기는 일고 김장 무배추도는 엄청 늦고 가랑파씨를 뿌린상 싶다.

참새떼가 까맣게 날러와 안기에 황겁히 활개를 치며 「우여어!」소리를 질렀더니 그만 휘잉! 휘잉! 소리를 내며 쫓기어간다.

그도 그럴적뿐이요 새도 눈치코치를 보고 오는셈인지 어느 겨를

에 또 날러와 짓바수는것이다。

발임자의 품파리스군이 아닌 이상에야 한두번이지 한나절 위한하고

새를 보아줄수도 없는 일이다。

이번에는 난데없는 비들기떼가 한 오십마리 날러오더니 이것은

네브카드네살의 군대들이나 되는구나。

이렇게 한바탕 치르고 나도 남을것이 있는것인가 하도 딱하기에

발임자인듯한 이를 멀리 불러 보았다。

「씨갑씨 뿌려둔것은 비들기밥 대주라고 한게요?」

「그 어떻겝니까。악울 쓰고 좇아도 하는수 없으니」

「이근처엔 비들기가 그리 많소?」

「원한경 원목사ㅅ집 비들긴데 하도 파먹기에 한번은 가서 사설을

했더니 자기네도 할수없다는 겁더다。 몇마리 사령탐으로 길른것이 남의집 비들기까지 달고 들어와 북새를 노니 거두어먹이지도 않는 바에야 우정 좇아낼수도 없다는 겁니다」

「비들기도 양옥집그늘이 좋은게지요」

「총으로 쏘던지 잡어죽이던지 맘대로 하라곤 하나 할수있는 일입니까。내버려두지요」

농사끌이란 회한한것이 아닌가。새한테 먹히고、벌레도 한몫 태우고 風災 水災 旱災를 겪고 도지되고 짐수 치르고 비들기한테 짓바시우고 그래도 남는다는것은 그래도 농사끌 밖에 없다는것인가。

발임자는 남의일 이야기 하듯하고 간후에 열두어살전후쯤된、남매간인듯한 아이들 둘이 깨여진 남비쪽 생철쪽을 들고나와 밭머리에 진을 치는것이다。

이건 곡하는것인지 노래부르는것인지 야릇하게도 서러운 푸념이나

哀願이 아닌가.

날김생에게도 哀願은 通한다.

悠悠히 날러가는것이로구나.

날김생도 워낙 억세고 보면 사람도 쇠를 치며 우는수 밖에 없으렸다.

농가아이들을 괴임성스럽게 볼수가 없다.

첫째 그들은 사나이니까 머리를 깎었고 계집아이니까 머리가 있을 뿐이요 몸에 걸친것이 그저 구별과 이름이 부를수는 있다. 그들의 치레와 치장이란 이에 그치고 만다.

허수아비는 이보다 더 허름한 옷을 입었다. 그래서 날김생들에게 슘이 서지 않는다.

그들은 철없어 북스런 웃음을 모르고 우슴이 절로 어여

뻐지는 음식 음식 패이고 펴고하는 볼이 없다.

그들은 씩씩한 물스기와 이글거리는 피스빛이 없고 흙빛과 함께

검고 푸르다.

팔과 다리는 파리하고 으실뿐이다.

그들은 榮養이 없이도 앓지 않는다.

눈도 아모 날래고 사나온 열스기가 없다. 슬프지도 아니한 눈이다.

좀처럼 울지도 아니한다——노래와 춤은 커니와.

그들은 이 가난하고 피쬐뢰한 自然에 나면서부터 견듸고 慣習이

익어왔다.

주리고 헐벗고 孤獨함에서 사람이란 忍耐와 鍛鍊이 必要한것이

되겠으나 그들은 새삼스럽게 努力을 드리지아니하여도 된다.

그들은 피롭지도 아니하다。

그들은 세상에도 슬프게 생긴 무덤과 이웃하야 산다。

그들은 흙과 돌로 얽고 다시 흙으로 칠한 방안에서 흙냄새가 말어지지 아니한다。

그들은 어버이와 瘦瘠한 家畜과 서로서로 숨소리와 잠고대를 하며 잔다。

그들의 어머니는 명절날이면 회ㅅ배가 아프다。

그들의 아버지는 명절날에 취하고 운다。

南部伊太利보담 프르고 곱다는 하늘도 어쩐지 永遠히 딴데로만 향하야 한눈파는듯하야 구름도 꽃도 아모 裝飾이 될수 없다。

肉　體

몽ㅣ끼라면 아시겠읍니까. 몽ㅣ끼, 이름조차 맛대가리없는 이 연장

은 집터다지는데 쓰는 몇 千斤이나 될지 엄청나게 크고 무거운 저

울추모양으로 된 그 쇠덩이를 몽ㅣ끼라고 이릅데다. 標準語에서 무엇

이라고 제정하였는지 마침 몰라도 일터에서 일꾼들이 몽ㅣ끼라고 하

니깐 그런줄로 알 밖에 없읍니다.

몽치란 말이 잘못 되어 몽ㅣ끼가 되었는지 혹은 월래 몽ㅣ끼가 옳은

데 몽치로 그릇된것인지 語源에 밝지못한 소치로 재삼 그것을 가리

랴고는 아니하나 쇠몽치중에 하도 육중한 놈이 되어서 생김새 등치

를 보아 몽치보담은 몽ㅣ끼로 대접하는것이 좋다고 나도 보았읍니

다.

크낙한 양옥을 세울 터전에 이 몽ー끼를 쓰는데 굵고 크기가

전신주만큼이나 되는 장나무를 여러개 훨석 우ㅅ등을 실한 쇠줄로

묶고 아래ㅅ등은 벌리어 세워놓고 다시 가운데 철봉을 세워 그 철

봉이 몽ー끼를 꿰뚫게 되어 몽ー끼가 그 철봉에 꽂히인대로 오르

고 나리게 되었으니 몽ー끼가 나려질리는 밑바닥이 바로 굵은 나

무기둥의 대구리가 되어있읍니다. 이 나무기둥이 바토 땅속으로 모

주리 들어가게 된것이니 기력지가 보통와가집 기둥만큼 되고 그

우토 몽ー끼가 벽력 같이 떨어질 距離가 다시 그기둥 키만한 사

이가 되어있으니 결국 몽ー끼는 땅바닥에서 이층집 꼭두만치는 올

라가야만 되는것입니다. 그 거리를 몽ー끼가 기여오르는 팔이 불만

하니 좌우로 한편에 일곱사람식 늘어서고보면 도합 열네사람에 과

기 잡어다릴 굵은 참바줄이 열네가닥, 이 열네가닥이 잡어다리는 힘으로 그 육중한 몽ㅡ끼가 기어올라가게 되는것입니다。 단번에 올라가는 수가 없어서 한 절반에서 삽시 따른 장목으로 고이었다 가 일꾼 열네사람들이 힘찬 呼吸을 잠간 돌리었다가 다시 와락 잡어다리면 꼭두끝까지 기어올라갔다가 나려질 때는 한숨에 나려박치게 되니 쿵웅 소리와 합피 기둥이 땅속으로 문쩍문쩍 들어가게 되어 근처 행길까지 들석 들석 울리며 꺼져드는것 같읍니다。 그러한 노릇을 기둥이 모두 땅속으로 들어가기까지 줄곳 하야만하므로 장정 열네사람이 힘이 여간 키이는것이 아닙니다。 그리하야 한사람은 초성 좋고 장고 잘 치고 신명과 넉살좋은 사람으로 옆에서 지경닦는 소리를 멕이게 됩니다。 하나가 멕이면 열네사람이 받고 하는 맛으로 일터가 흥성스러워지며 일이 썰하게 부

쩍 부쩍 늘어갑니다。그렇기에 맥이는 사람은 점점 흥이 나고 신

이 솟아서 노래ㅅ사연이 별별 신기한것이 연달어 나오게 됩니다。

애초에 누가 이런 民謠를 지어냈는지 구절이 용하기는 용하나 좀

듣기에 면고 한데가 있읍니다。대개 큰애기, 총각, 과부에 관계된

것, 혹은 신작로、하이칼라、상투、머리피티、가락지등에 관련된것

을 노래로 부르게됩니다。그러고 에헬렐레상사도도 리뜨레인이 계

속됩니다。구경꾼도 여자는 잠깐이라도 머뭇거릴 수가 없게되니 아

무리 노동꾼이기로 또 노래를 불러야 일이 쉴하고 불고하기로 듣

기에 얼골이 부끄러 와락 와락 하도록 그런 소리를 할것이야

무엇있읍니까。그 소리로 무슨 그렇게 신이나서 할 것이 있는지

야비한 얼골짓에 허리아래ㅅ둥과 어깨를 으씩으씩 하여가며 하도

끝이 그다지 愛嬌로 사주기에는 너무도 나의 神經이 가늘고 弱한

가 봅니다。 그러나 肉體勞動者로서의 獨特한 批判과 諷刺가 있기는 하니 그것을 그대로 듣기에 좀 쩔리기도하고 무엇인지 생각케도 합니다。이것도 肉體도 산다기보다 多分히 神經으로 사는 까닭인가 봅니다。 그런데 몽ー끼가 이자리에서 기둥을 다 밖고 저자리로 옮기랴면 불가불 일꾼의 어깨를 빌리게 됩니다。실한 장정들이 어깨에 목도로 옮기는데 사람의 鎖骨이란 이렇게 빳잘긴것입니까。다리가 휘창거리어 쓸어질가싶게 갠신갠신히 옮기게 되는데 鎖骨이 부러지지않고 백이는 것이 희한한 일이 아닙니까。이번에는 그런 입에 올리지못할 소리는커녕 영치기영치기 소리가 지기영 지기영 지기지기영으로 변하고 불과 몇걸음 못옮기어서 혹혹하며 땀이 물솟듯 합데다。짓궂인 몽ー끼는 그꼴에 매달려 가는 맛이 호숩은지 둥치가 그만해가지고 어쩌면 하로 품파리로 살어가는 삯군 어깨에 늘어져 근드렁근드렁거리는것입니까。숫제 침통한 우슴을 견딜수 없었읍니다。그사람네는 이마에 땀을 내어 밥을 먹는다기보담은 시뻘건 살멩이를 몇접식 뚝뚝 잡어떼어 내고 그리고 그자리를 밥으토 때우어야만 사는가싶도록 激烈한 勞働에 견듸는것이니 서령 외설하고 淫風에 가까운 노래를 부를지라도 그것을 입시울에 그치고 말것이요 몸동아리까지에 옮겨갈 餘裕도 없을가 합니다。

白鹿潭

完

昭和十六年九月十三日　印刷
昭和十六年九月十五日　發行

定價　一圓八十錢
郵料十二錢

著者　鄭芝溶
京城府北阿峴町一ノ六四

著作兼
發行者　金鍊萬
京城府鐘路二丁目一〇〇

印刷者　李相五
京城府仁寺町一一九

印刷所　大東印刷所
京城府仁寺町一一九

發行所　文章社
京城府鐘路二・韓靑ビル內
振替京城二五〇七〇番

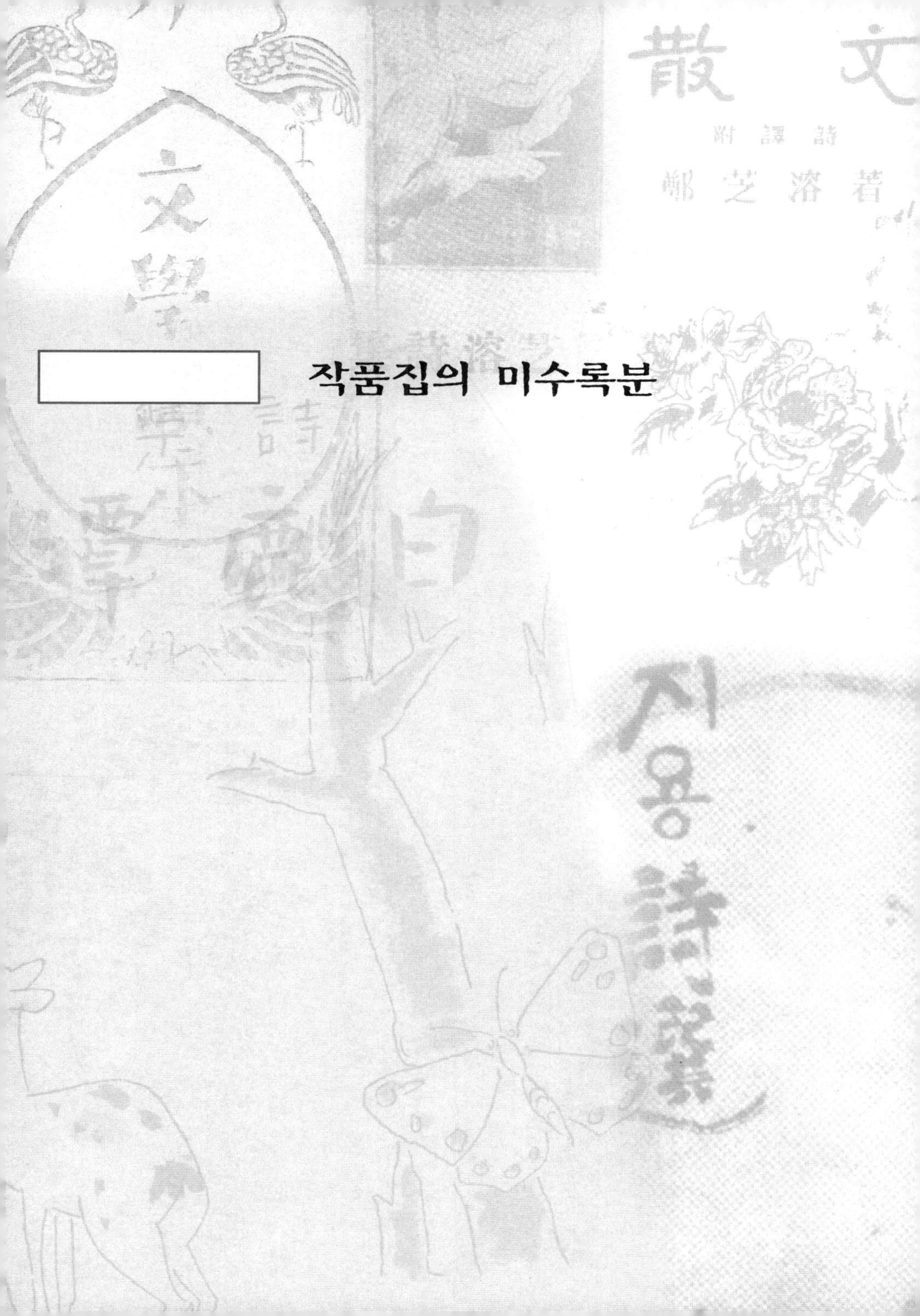

작품집의 미수록분

爬虫類動物

식거면 연기와 불을 배트며

소리지르며 달어나는

괴상하고 거ー창 한 爬蟲類動物.

그 큰 궁둥이로 넉밀어

내 童貞의 結婚반지 를 차지려갓더니만

그 녀ㄴ 에게

…뎔 크 닥…뎔 크 닥…

나는 나는 슬퍼서 슬퍼서

心臟이 되구요

여페 안진 小露西亞 눈알푸른 시약시

「당신 은 지금 어드메로 가십나ㅇ」

「爬蟲類動物」

 * 『학조』1호(1926. 6)에 발표.

이 시는 정지용의 실험정신이 전면에 노출된 작품이다. 시의 문맥으로 볼 때 '파충
    류동물' 은 기차를 비유한 것 같다.

…떨그덕 …떨그덕 …떨그덕…

그는 슈퍼쉬 슈퍼쉬

膀胱이 되구요

커 기一드란 쌍꼴라 는 大腸

뒤처 젓는 왜놈 은 小腸。

「아이ー 커다리 헐 좀 보와ー」

떨그덕…떨그덕…떨그덕…떨그덕…

六月人달 白金太陽 내려쪼이는 미테

부글 부글 쇠리오르는 消化器管의 妄想이여ー

赭土 雜草 白竹 을 짓밟브며

둘둘둘둘둘둘 달어나는

핑장하게 기一다란 爬蟲類動物。

---

1. 기一드란 – 길다란.
2. 쌍골라 – 중국인을 가리키는 속어. 점포 주인을 뜻하는 '짱꿰이더'(掌櫃的)에서 구전 변형된 말.
3. 왜놈 – 일본인을 가리키는 속어. 일본 교토에서 간행되는 책에 일본인을 비하하는 말을 쓴 것이 놀랍다.
4. 赭土(자토) – 붉은 흙.

「마음의 日記」에서

—시 조 아 홉 首—

큰바다 아페두고 한날빗 그미헛쉬
한백년 감자다 겨우일어 나노니
지난쇠월 그마만치만 긴하품을 하야만°

× ×

아이들 총중어서 승나신 장님막대
함부루 내두루다 돼지기고 말었것다
얼굴붉은 이친구분네 말슴하는 법이다

「'마음의 日記' 에서-시조아홉首」
* 『학조』1호(1926. 6)에 발표.
1. 총중에서 - 叢中에서 떼를 지어 모인 가운데에서.
2. 승나신 - 성 나신. 화가 나신.

창자에 처쳐잇는 기름은 씨쉬버고

××

너털한 분다구니 슬데ᅌᅵ 버여버라

그리고 피스톨달처럼 덥벼들라 싸호자 !

××

참새의 가슴처럼 깃버뛰여 보자니

승벽인 사자처럼 부르지저 보자니

氷山이 푸러질만치 손웁잡어 보자니。

시•그•날• 기웃뒤어 갑작이 죠이는맘

그대를 시른차가 하마산을 돌아오리

온단다 온단단다나 온다온다 온단다。

---

3. 시른차가 ─ 실은 차가.
4. ‘온단다 ~ 온단다’ ─ 시조의 운율을 살리면서 동어 반복의 묘미도 구사했다.

「배암이 그다지도 무서우냐 버님아」
버님은 몸을떨며 「배ㅁ마는 실허요」
쇠리가치 새벨간해가 넘어가는 풀밧우.

××

이지움 이실(露)이란 아름다운 그맘을
글에도 쓰본저이 업는가 하노니
가슴에 이실이이실이 아니나림 이여랴.

××

이밤이 기풀수락 이마음 가늘어쉬
가느단 차디찬 바눌은 잇스려니
실이업쉬 물디린실이 실이업쉬 하노랑.

---

5. 이실 – 이슬
6. 써본저이 – 써 본 적이
7. 이실이이실이 – 시조 운율을 맞추기 위해서 '이실이'를 두번 반복하여
  의태어적 느낌도 들게 했다.
8. 기풀수락 – 깊을수록

××

한백년 진흙속에 뭇쳣다 나온듯.
긔(蟹)처럼 어프로 긔여가 보노니
머ㅡㄴ푸른 하늘아래로 가이업는 모래밧.

---

9. 긔(蟹)처럼 ― 게처럼.

녯니약이 구절

집 쪄나가 배운 노래를
집 차저 오는 밤
논ㅅ둑 길에서 불럿노라.

나가서도 고달피고
돌아와 서도 고달펏노라.
열네살부터 나가서 고달펏노라.

나가서 어더온 이야기를
닭이 울도락,
아버지께 닐으노니——

기름ㅅ불은 깜박이며 듯고,
어머니는 눈에 눈물을 고이신대로 듯고
니치대든 어린 누이 안긴데로 잠들며 듯고
우ㅅ방 문설쭈에는 그사람이 서서 듯고,

「녯니약이 구절」
* 『신민』 1927년 1월호에 발표. '1925. 4'로 창작 시점 표기.
1. 니치대든 – 거치적거리거나 성가시게 한다는 뜻. 여기서는 '칭얼대다' 정도의
   의미. 「甲板우」에도 나오는 시어.

큰 독 안에 실닌 슬픈 물 가치
속살대는 이 시고을 밤은
차저 온 동네ㅅ사람들 처럼 도라서서 듯고,

──── 그러나 이것이 모도 다
그 녜전부터 엇던 시연찬은 사람들이
솟닛지 못하고 그대로 간 니야기어니

이 집 문ㅅ고리나, 집웅이나,
늙으신 아버지의 착하듸 착한 수엽이나,
활처럼 휘여다 부친 밤한울이나,

이것이 모도다
그 녜전 부터 전하는 니야기 구절 일러라.

2. 시연찬은 - 시원찮은. 변변하지 못하고 답답한.
3. 솟닛지 - 끝을 잇는다는 뜻보다는 끝낸다는 뜻에 가깝다.

우리 나라 여인들은

우리 나라 여인들 은 五月人달 이로다。깃븐 이로다。

여인들 온 앗 속 에서 나오 도다。집안 속 에서 나오 도다。

수풀 에서, 물 에서, 쇠이 나오 도다。

이인들 은 山菜質 처럼 붉 도다。

바다 에서 주슨 바둑돈 향기 로다。

暖流 처럼 따뜻 하도다。

여인들 은 꽃 에게 무뭐 뭄 을 먹이는 도다。

소 에게 시내人갈 율 마시우는 도다。

오리 알, 흰 알, 을, 기르는 도다。

여인들 은 鴛鴦새 수 롤 노 로다。

여인들 은 맨발 벗기 를 조하 하도다。꿋꼬리위 하도다。

여인들 은 어머니 머리 를 갑으는 도다。

아비지 수임 윤 자많 사는 도다。꿍니대는 도다。

여인들 은 生栗 도, 胡桃 도, 썰기 도, 감지 도, 잘 믜는 도다。

어인들 은 팡구비 가 죵글 도다。이마 가 희 도다。

머리 는 붐붐 이로다。억개 는 보류人단 이로다。

「우리나라여인들은」
* 『조선지광』78호(1928. 5)에 발표.
 우리나라 여인들의 속성을 여러 가지 비유로 나타낸 특이한 작품으로, 후반부에
 평화와 자유를 지향하는 내용이 검열에 삭제되었다.

여인들 은 城 우에 스 도다。 거리 모 단니 도다。

公會堂 에 모히·도다。

여인들 은 소프라노우 로다 바람 이로다。

흙 이로다。눈 이로다。분 이로다。

여인들 은 싸아만 눈 으로 인사 하는 도다。

입 으로 대답 하는 도다。

유월ㅅ볏 한나제[1] 돌아 가는 해바락이 송이 치덥,

하나님 계 숙이 도다。

여인들 은 푸르다, 사철나무 로다。

여인들 은 우끌 을 셋그시 하도다。

줌심[2] 밥 을 잘 싸 주 도다。수롱 에 더운 끈 을 담어 주 도다。

여인들 은 試驗管 을 비추 도다。때 을 글이 도다[3]。線 을 치 도다。

氣象臺 에 붉은 旗 를 달 도다。

여인들 은 바다 를 조하 하도다。萬頃蒼波 둔 조하 하도다。

나라 지도 가 무슨 × 로 × 한지 를 아는 도다。

무슨 꽃감 으로 꿀 딜인 줄 을 아는 도다。

여인들 은 山 을 조하 하도다。嶮峻 을 조하 하도다。

距離 룬 測定 하도다。遠近 을 照準 하도다。

××× 모 스 도다。×× 하도다。

여인들 은 ×× 와 자유 와 旗ㅅ발 아래로 비단기 치덥 흐더 지도다。

×× 와 ×× 와 旗ㅅ발 아래 로 참벌 쎄 처립 모 와 둘 도다。

우리 ×× 여인들 은 ××× 이로다。해ㅅ비치 로다。

— 一九二八 · 一 · 一 —

---

1. 한나 제 돌아 가는 – 한낮에 돌아 가는.
2. 즘심 – 점심.
3. 글이 도다 – 그리도다.

勝利者金안드레아

方濟各

새 남터 욱어진 뽕닙알에 쉬쉬
넷어린이 실로 보고 일러주신 한 거룩한 니야기
압헤 돌아나간 푸른 뽈구비가 이명과 함씨 영원하다면
이는 우리 겨례와 함씨 꼿씨지 빗날 기억이로다。

一千八百四十六年九月十六日
방포 취타하고 포장이 압씨 나가매
무수한 힌옷 임은 백성이 껼긴한 곳에
이의 좌괴ㅅ대가 놉히 살기 놉게 소삿더라、

이 지겁고 흉흉하고 나는새도 자최를감출 위풍이 뜰치는 군씨는
당시 텅국 바다에 뜬 법국 병선 대도독 씨시리오와
그의 막하 수박을 사로갑어 문조할더뭐가?
대체 무슨 사정으로 이러한 어명이 나리엇스며
이러한 대국권이 발동하엿던고?
혹은 사직의 안위를 범한 대역도나 다사림이엇던고?
실로 군소리도 업는 알는소리도 업는 뽈도 업는
조찰한 피를 담은 한「羊」의 목을 베이기 위함이엇도다。
지극히 유순한「羊」이 져대어 오르매

「勝利者 金안드레아」
* 『가톨릭청년』 16호(1934. 9)에 方濟各(방제각)이라는 영세명으로 발표.
1. 새남터 – 조선 시대의 사형장. 천주교도들의 순교지로 유명하다.
2. 쏭닙알에 – 뽕잎 아래.
3. 방포 취타하고– 放砲 吹打하고. 포를 쏘고 악기를 연주한다는 뜻.
4. 좌괴ㅅ대 – 관아의 벼슬아치가 일을 처리할 때 세우는 깃발.
5. 다사림이엇던고? – 다스림이었던가?

마귀와 그의 명화를 부수기에 박쥐의 사자떼 보다도 더 영맹하엿도다。

대성전 장막이 찌저진지 천유여년이엿건만

가즉도 새로운 태양의 소식을 듯지못한 죽음그불에 잠긴 동방일우에

또하나「갈와리아산상의 혈제」여!

오오 자기ㅅ대에 목을 놉히 달니우고

다시 열두칼날의 수고를 덥기 위하야 몸을 뻐어다인

오오 지상의 찬신 안드려아 김신부!

일즉이 천주를 알어 사랑한 탓으로 아버지의 위태한 목숨을 뒤여두고

그의 외로운 어머니 마자 홀로 철화사이에 숨겨두고

처량히 국금과 국경을 버쉬나아간 소년 안드려아!

오분부 이역한등에서 오로지 천주의 말슴을 배호기에 침식을 이즌 신생 안드려아!

빙설과 추림과 설매에 몸을부처더 요야천리를 건느며

악수와 도적의 밀림을 지나 구지 막으며 죽이기로만 쇠하든

조국 변문을 너번재 두다린 부께 안드려아!

창해의 거친 파도를 한쪽 목선으로 넘어 (오오 위태한 령적!)

불가터 사랑한 나라땅을 발븐 조선 성직자의 장형 안드려아!

포학한 치도곤 알에 조찰한 색를 부술지언정

감사외게「소인」을 바처지 아니한 오백년 청반의 후예 안드려아 · 김대건!

나라와 백성의 령혼을 사랑한 갑스로

---

6. 동방일우에 - 동방의 한 모퉁이에.

7. 혈제 - 피를 나눈 형제.

8. 철화사이에 - 鐵火사이에. 전쟁의 와중에.

9. 요야천리 - 遙野千里. 멀고 거친 먼 길이라는 뜻.

10. 악수 - 惡獸. 사나운 짐승.

11. 변문 - 邊門. 변경 지대의 문.

12. 령적 - 靈蹟. 신령스러운 사적.

13. 치도곤 - 治盜棍. '도적을 다스리는 곤장' 이라는 뜻으로 조선 시대에 사용한 큰 곤장.

결안한 관장을 위하야

그의 승직을 긔구한 관촉장가 안드려아!

표양이 능히 옥출서지 놀래인 청년성도 안드려아!

재식이 고급을누르고

보람도 업시 정교한 쎄지지도를 그리여

군주와 관장의 눈을불인 나라의 산 보배 안드려아!

형상의 이술로 사다길쌔세지도

오히려 성교를 가라진 신목가 안드려아!

두귀에 활살을맞어 쳐구 그대로 십자가를 일운 치명자 안드려아!

싱주 뫼수 바드신 싱면오독을 보람으로

얼굴어 불과 회를 바든 수난자 안드려아!

싱주 뫼수 싱분의 수위를 바드신 그대로 바든 복자 안드려아!

싱주 뫼수 바드신 거짓진안을 받어 거짓설안으로 죽은 복자 안드려아!

오오 그들은 악한 권셰로 죽인

그의 시쳬까지도 차지하지못한 그날

거룩한 피가 이믜 이나라의 흙을 조찰히 씨섯도다.

외교의 거친 덤풀을 깎고 잘아나는

주의 포도ㅅ다래가

올해에 十三萬송이

오오 승리자 안드려아는 어러타시 익어엇도다.

---

14. 결안한 관장 – 結案한 官長. 사형을 결정한 관가의 우두머리.
15. 승직을 긔구한 – 昇職을 祈求한. 벼슬이 오를 것을 기원한.
16. 표양 – 表樣. 겉 모양.
17. 성면오독 – 聖面 汚瀆. 예수의 얼굴에 모욕을 가함.
18. 외교 – 外敎. 다른 이단의 종교.
19. 포도ㅅ다래가 – 포도의 영근 열매가.

天 主 堂

열없이 窓까지 걸어가 默默히 쉬다.

이마를 식히는 유리쪽은 차다.

無聊히 씹히는 鉛筆 꽁지는 뜹다.

나는 나의 繪畵主義를 斷念하다.

「天主堂」

* 『태양』 1호(1940. 1)에 발표.

　「天主堂」이라는 수필에 인용된 작품으로 독립적으로 발표된 작품은 아니다.

盜掘

百日致誠끝에 山蔘은 이내 나서지 않었다 자작나무 화투ㅅ불
에 화근 비추우자 도라지 더덕 취샀 틈에서 山蔘순은 폼짓을
혼들었다 심캐기늙은이는 葉草 순쓰래기 피여 물은채 돌을 벼
고 그날밤에사 山蔘이 담속 불거진 가슴팍이에 앙징스럽게
后娶감어리 처럼 唐紅치마를 두르고 안기는 꿈을 꾸고 또모
때ㅅ불 이운듯 다시 살어난다 警官의 한쪽 찌그린 눈과 빠안한
먼 불 사이에 銃견양이 조옥 섰다 별도 없이 검은 밤에 火藥불
이 唐紅 물감처럼 곻았다 다람쥐가 도로로 말려 달어났다。

「盜掘」
* 『문장』 3권 1호(1941. 1)에 발표.
1. 화투ㅅ불 – 화톳불. 바깥에 장작 따위를 모아 피워 놓은 불.
2. 심캐기 – '심'은 산삼을 의미한다.
3. 葉草 순쓰래기 – 잎담배 말린 것.
4. 벼고 – 베고.
5. 담속 – 담쏙. 손으로 탐스럽게 쥐거나 팔로 정답게 안는 모양. 이 말은 뒤에 나
   오는 '안기는'을 수식한다.
6. 后娶감어리 – 후췻감. 후취로 삼을 만한 인물.
7. 모태ㅅ불 – 화톳불.
8. 빠안한 – 빤한. 어두운 가운데 빛이 환하게 비치는 상태.
9. 銃견양이 조옥 섰다 – 총을 겨냥한 자세가 직선으로 바른 상태임을 표현한 것.
10. 唐紅 물감처럼 –「紅疫」의 "紅疫이 躑躅처럼 爛漫하다"처럼, 비극적 정황을 아
   름다움으로 바꾸어 표현하는 방법.

窓

나래 붉은 새도
오지 않은
하로가 저믈다

곧어름 지여 언 가지
나려 앉은 하눌에 찔리고

별도 잠기지 않은 옛못 우에
蓮대 마른대로 바람에 울고

먼 들에
쥐불 마자 일지 않고

풍경도
사치롭기로
오로지 가시인 후

나의 窓
어둠이 도로혀
깁과 같이 곻아 지라

「窓」
* 『춘추』 1942년 1월호에 발표.
1. 곧어름 지여 언가지 – 곧 얼음이 얼어 언 가지가.
2. 가시인 –사라진.
3. 깁과 같이 – 비단과 같이.

異 土

낳아 자란 곳 어디거나
묻힐 데를 밀어 나가쟈
꿈에서 처럼 그립다 하랴
따로 진힌 고향이 미신이리
제비도 설산을 넘고
적도 직하에 병선이 이랑을 갈제

「異土」
* 『국민문학』 1942년 2월호에 발표. 시어나 표현에 있어 정지용의 다른 시와는 비교가 되지 않을 정도로 허술한 대목이 많은 작품이다. 이것은 그가 쓰고 싶어 쓴 작품이 아니라 마지못해 억지로 쓴 글이라는 사실을 반증한다.
1. 따로진힌 고향이 미신이리 – 난해한 구절로 명확한 뜻을 알 수 없다.

피었다 꽃처럼 지고 보면

묻어도 무덤은 선다

란한 흘리고 화약 싸아 한

충성피 피며 쏟아진 숨에

싸홈은 이겨야만 법이요

씨를 뿌림은 오램 믿음이라

거머기 한형게 높이 술을 마수고

햇살에 일곱식구 오미낼울 세우쟈

---

2. 피었다 꽃처럼 지고 보면 – 죽음의 미화가 아니라 덧없는 죽음을 나타내기 위한
   표현.

그대들 돌아오시니

(在外革命同志에게)

백성과 나라가

夷狄에 팔리우고

國祠에 邪神이

傲然히 앉은지

죽엄보다 어두운

「그대들 돌아오시니」
　* 『해방기념시집』(중앙문화협회, 1945)에 수록
1. 夷狄 - 오랑캐.
2. 國祠 - 나라의 사직(社稷)

嗚呼 三十六年!

그대들 돌아오시니

피 흘리신 보람 燦爛히 돌아오시니!

허울 벗기우고

외오 돌아섰던

山하! 이제 바로 돌아지라.

자최 잃었던 물

옛 자리로 새소리 흘리어라.

---

4. 외오 – '외다'(그릇되다)의 활용.
5. 자최 – 자취. 흔적.

그대를 돌아오시니

피 흘리신 보람 燦爛히 돌아오시니!

밭이랑 문희우고

곡식 앗어가고

이바지 하울 가음마자 없어

錦衣는 커니와

---

5. 문희우고 – 무너지게 하고.
6. 가음 – 감. 무엇을 할 재료

戰塵 떨리지 않은

戎衣 그대로 뵈일밖에!

그대들 돌아 오시니

피 흘리신 보람 燦爛히 돌아오시니!

사오나온 말굽에

일가 친척 흐터지고

늙으신 어버이, 어린 오누이

7. 戎衣 - 융의 군복

상긔 불현듯 기달리는 마을마다

그대 어이 꽃을 밟으시리

가시덤불, 눈물로 헤치시랑

그대들 돌아오시니

피 흘리신 보람 燦爛히 돌아오시니!

愛國의 노래

옛적 아래 옳은 道理
三十六年 피와 눈물
나종까지 견뎟거니
自由 이제 바로 왔네

東奔西馳 革命同志
密林속의 百戰義兵
獨立軍의 銃부리로
世界彈丸 쏳았노라

王이 없이 살았건만
正義만을 모시었고
信義로서 盟邦 얻어
犧牲으로 이기었네

「愛國의 노래」
* 『대조』 1호(1946. 1)에 발표.
1. 東奔西馳 - 동분서치 사방으로 이리저리 바쁘게 돌아다님. 동분서주와 같은말.

敵이 바로 降伏하니
石器 적의 어떤 神話
漁村으로 도따가고
東과 西는 이제 兄弟

원수 에초 맺지 말고
남의 손것 미리 막어
우리끼리 굳셑분가
남의 恩惠 잊지 마세

진흙 속에 묻혔다가
한울에도 없어진 별
높이 솟이 나패 뗏굿
우리 나라 살아 났네

萬國 사람 우러보아
누가 일러 적다 하리
뚜렸하기 그지 없어
온 누리가 한눈 일네

---

2. 石器 적의 – 석시대 때의

曲馬團

疎開터
눈 우에도
춥지 않은 바람

클라리오넽이 울고
북이 울고
천막이 후두둑거리고
旗가 날고
야릇이도 설고 흥청스러운 밤

말이 달리다
불테를 뚫고 넘고
말 우에
기집아이 뒤집고

「曲馬團」
* 『문예』 1950년 2월호에 발표.
1. 疎開터 – 사람들을 다른 곳으로 옮겨 보낸 곳.

물개
나팔 불고

그네 뛰는게 아니라
까아만 空中 눈부신 땅재주 !

甘藍 포기처럼 싱싱한
기집아이의 다리를 보았다

力技選手 팔장 낀채
외발 自轉車 타고

脫衣室에서 애기가 울었다
草綠 리본 斷髮머리 째리가 드나들었다

원숭이
담배에 성냥을 키고

防寒帽 밑 外套 안에서
나는 四十年前 悽凉한 아이가 되어

---

2. 째리 - 원말은 '짜리'. '그런 차림을 한 사람'의 뜻을 나타내는 접미사. 탈의실
   에서 우는 아이의 엄마가 단말 머리 차림의 소녀라는 뜻이다.

내 열살보담

어른인

열여섯 살 난 딸 옆에 섰다

열길 솟대가 기집아이 발바닥 우에 돈다

솟대 꼭두에 사내 어린 아이가 가꾸로 섰다

가꾸로 선 아이 발 우에 접시가 돈다

솟대가 주춤 한다

접시가 뛴다 아슬 아슬

클라리오넬이 울고

북이 울고

이옷! 이옷! 激勵한다

가죽 잠바 입은 團長이

防寒帽 밑 外套 안에서

危殆 千萬 나의 마흔아홉 해가

접시 따러 돈다 나는 拍手한당

四四調 五首

늙은 범

늙은 범이
내고 보니
네 앞에서
아버진 듯
앉았구나
내가 서령
아버진들
네 앞에야
범인 듯이
안 앉을가?
어찌자노?
어찌자노?

「四四調 五首」
* 『문예』, 1950년 6월호에 발표

네 몸매

내가 바로
비고 보면
섯달 들어
긴긴 밤에
잠 한숨도
못 들겠다
네 몸매가
하도 곻아
네가 너룰
귀이노라

---

1. 귀이노라 – 귀하게 여기노라.

꽃 분

비방까지
五間 대청
섯달 치위
어험 섰다
비가 통통
거러 가니
꽃분 만치
무겁구나

---

2. 어험 섰다 – 어험하고 위엄을 부리며 서 있다.

山 달

山달 같은
네로구나

년로 내가
胎지 못해

토끼같은
내로구나

얼었다가
잠이 든다

나 비

내가 인제
나븨같이
죽겠기로
나븨같이
날라 왔다
검정비단
네 옷 가에
앉았다가
窓 훤 하니
날라 간다

굴 뚝 새

굴뚝새 굴뚝새

어머니—
문 열어놓아주오, 들어오게
이불안에
식전내—재워주지

어머니—
산에 가 얼어죽으면 어쩌우
박쪽에다
숯불 피워다주지

「굴뚝새」
* 『현대조선문학선집 18 – 1920년대 아동문학집(1)』
　(평양 : 문학예술종합 출판사, 1993)에 수록.

정지용 시 원본 제시의 의의

이 숭 원

1. 시어 교체의 효과

정지용 시의 원본을 놓고 자세히 읽어 보면 우리가 소홀하게 지나쳤던 많은 점들이 발견되어 정지용 시를 연구해 온 사람으로서 부끄러움을 금할 수가 없다. 우선 첫 발표 지면의 시어와 시집 수록 작품의 시어가 다른 것이 많은데 그런 부분 개작의 시적 의미가 충분히 밝혀지지 않은 것이 아쉽다. 물론 개작 과정의 문헌적 검토는 김학동 교수나 양왕용 교수에 의해 이루어졌고, 시어 교체의 시적 효과에 대해서는 유종호 교수가 부분적으로 의미 부여를 한 바 있다. 그러나 지용 시의 개작 양상이 어떠한 시적 효과와 의미를 지니는가를 전면적으로 검토한 작업은 아직 수행되지 않았다. 첫 발표 지면과 시집 수록 작품의 시어 개정 사항 중 중요한 것만 표로 제시하면 다음과 같다.

제 목	첫 발표지	시 집	개정의 의미
「아츰」	快晴濃綠의 六月도시는	짙푸른 六月都市는	한자어가 감각적인 우리말 시어로 교체되었다.
「琉璃窓 1」	물어린 별	물먹은 별	별을 의인화하여 능동적 감각을 불어넣었다.
「鄕愁」	되는대로 쏜 화살	함부로 쏜 화살	더욱 자연스럽고 문맥에 적합한 시어로 교체되었다.
「甲板우」	크낙한 김승처럼	華麗한 김승처럼	구체적인 감각어로 교체되었다.
「카페·쯔란스」	갓익은 능금	빗두른 능금	문맥에 호응하는 시어로 교체되었다.
	내발을 할터다오	내발을 빨어다오	화자의 태도를 반영한 적극적인 뜻의 시어로 교체되었다.
「엽서에쓴글」	들여대고 보시오	들여대고 보시압	훨씬 압축적이고 여운 있는 시어로 교체되었다.
	하나님처럼 주므십시오	뮤-쓰처럼 쥬무시압	훨씬 함축적이고 신비감을 안겨주는 시어로 교체되었다.
「故鄕」	한창 울건만	제철에 울건만	문맥에 부합하는 유연한 시어로 교체되었다.
「溫井」	푼푼한 그대모습 훈훈한 그대 말씨	푼푼한 그대 말씨	유사한 말의 반복을 제거하는 쪽으로 수정되었다.

이러한 개작 사항에서 우리가 주목하게 되는 것은 정지용은 단 한 개의 시어를 교체함으로써 풍성한 시적 효과를 거두어낸다는 사실이다. 이것은 정지용이 정말로 뛰어난 언어 감각을 지닌 시인이라

는 점을 새삼 깨닫게 한다. 이러한 시어 교체의 예는 시 창작 교실에서 하나의 시어 교체를 통해 작품 전체를 생동케 하는 경제적이고 효율적인 퇴고의 모범적 사례로 제시될 만하다.

2. 시어 해석의 문제

정지용 시 시어 해석의 첫 번째 문제로 「카페·프란스」에 나오는 '흐늙이는'을 들지 않을 수 없다. 대부분의 현대어 표기본 시집이나 작품 인용에서 이 시어를 '흐느끼는'으로 표기하고 있기 때문이다. 이 말이 들어 있는 시행은 "페이브멘트에 흐늙이는 불빛"으로 되어 있다. 『학조』에는 '흐늑이는'으로 되어 있다. 이 '흐늑이는'이라는 시어는 정지용이 이 시어를 쓰기 7년 전에 주요한이 사용한 바 있다. 그것은 우리가 잘 아는 「불노리」라는 시다. 1919년 2월 1일자로 간행된 『창조』 창간호 첫 페이지에 「불노리」가 실려 있는데 거기 "모란봉 노픈언덕우에, 허어혀케흐늑이는사람쎄"라는 구절이 나온다. 지금 표기에 맞게 띄어쓰기를 하면 "모란봉 높은 언덕 위에, 허어옇게 흐늑이는 사람떼"라는 시행이 된다. 여기서 '흐늑이는'은 '흐느끼는'이 아니라 '흐느적거리는'이라는 뜻이다. 마찬가지로 「카페·프란스」의 '흐늙이는'도 '흐느적거리는'의 뜻으로 읽어야 한다. 이 시에는 포장도로에 불빛이 흐느낀다고 볼 근거가 없으며, 시 전체를 통해 '슬프구나'라는 말 외에는 감정의 직접 토로를 삼간 지용이 '흐느끼는' 같은 감정 노출적 시어를 썼을 리가 없다. 따라서 포장도로에 불빛이 아른거리는 모습을 '흐늙이는'이라는 말로 표현했다고 보아야 한다.

또 이 시에 나오는 『꾿이브닝!』의 고딕체 표시가 무엇을 뜻하는지 모르는 연구자가 많으며, 괄호 안의 "이 친구 어떠하시오"가 무엇을 의미하는지 모르는 사람도 많다. 이러한 시행 구성은 『학조』에도 거의 그대로 되어 있다. 그러니까 이 부분은 지용의 의도에 의해 이런 식으로 인쇄된 것임을 알 수 있다. 여기서 고딕체 표시의 의미는 그 앞의 '패롵(鸚鵡) 서방'이라는 말에서 암시를 얻을 수 있다. 앵무새는 남의 말을 따라 하는 버릇이 있고, 앵무새가 사람의 말을 흉내낸 것을 나타내기 위해서 고딕 표시를 하고 괄호 안에 그 뜻을 밝힌 것이다. 괄호 안에 굳이 그 뜻을 밝힌 것은 이 젊은이들이 앵무새에게나 친구 대접을 받는 소외된 위치에 있다는 것을 희화적으로 드러내려는 장치다. 시의 문맥 속에서 그러한 시인의 의도를 알아내기 위해서는 첫 발표본과 시집 수록본을 면밀히 대조하는 작업이 필요하다.

『정지용시집』의 「바다 2」에는 '재재바르다'라는 말이 나오고, 『백록담』의 「瀑布」에는 '재재거리다'라는 말이 나온다. 앞의 '재재바르다'를 '재재거리다'와 혼동하여 "수다스럽게 재잘거리다"의 뜻으로 본 문헌이 있고, 심지어 그 뜻풀이에 의지하여 이 대목이 파도의 시각적 움직임을 청각적 영상으로 바꾸어 제시함으로써 공감각적 표현의 묘미를 보여주었다는 해석까지 도출된 바 있다. 그러나 「바다2」의 '재재바르다'는 분명 동작을 나타내는 말이다. "푸른 도마뱀떼 같이/재재발렀다."는 시구 앞 뒤에 "바다는 뽈뽈이/달어 날랴고 했다."와 "꼬리가 이루/잡히지 않었다."가 붙어 있지 않은가. 말하자면 세 연이 모두 움직임을 나타내는 말로 연속되어 있는데 어떻게 그 가운데 소리를 나타내는 말이 들어갈 수 있으며, 설사 소리를 나타내는 말이 들어간다 하더라도 그것이 어떻게 도마뱀떼의 움직임을 나타내는 말로 쓰일 수가 있는가. 나는 재잘거리는 소리를 내며 움직이는 도마뱀떼를 아직 보지 못했으며 파도가 또 그렇게 재잘대는 소리를 낸다는 말도 들어보지 못하였다. 따라서 '재재바르다'는 "재치가 있고 날렵하다"는 뜻을 지닌 '재바르다'의 변형으로 보아야 한다.

이 「바다2」에 '地球'라는 시어가 나온다. "地球는 蓮닢인양 옴으라들고…… 펴고……"가 그것이다. 이 시구를 근거로 하여, 정지용의 상상력이 대상을 감각적으로 인식하는 차원에서 지구 전체를 상상하는 거시적 국면으로 이행되어 간다는 해석이 제시되기도 했다. 이 구절이 지구의 움직임을 상상한 것이라면 그런 해석도 충분히 받아들일 만하다. 그런데 바다의 움직임을 지구와 관련지어 상상하는 장면은 「바다2」(『시원』 5호, 1935. 12)보다 몇 달 전에 발표한 「다시 海峽」(『조선문단』 4권 2호, 1935. 7)에도 나온다. 여기서는 출렁이는 물살에 다소 아찔한 기분을 느끼며 항해하는 것을 "地球 우로 기여가는것이/이다지도 호수운 것이냐!"라고 감탄하였다. 이 구절을 보면 지구에 어떤 특정한 의미가 담긴 것이 아니라 지구와 바다가 거의 대등한 의미로 사용되고 있음을 알 수 있다. 그런 점에서 보면 「바다2」의 '지구'도 거시적 시각으로 포착된 세계가 아니라 단순히 바다의 표면을 가리키는 말임을 이해하게 된다. 즉 완성한 해도(海圖) 속의 바다도 끊임없이 움직이는 모습으로 다가온다는 뜻으로 읽히는 것이다.

다음에는 한자 표기와 관련된 몇 개의 시어에 대해 말하겠다. 이 시대의 문헌을 보면 한글만이 아니라 한자 표기도 상당히 혼란에 빠져 있음을 발견하게 된다. 가령 '絢爛'이 '眩爛'으로, '言辯'이 '言辨'으로 표기되는 등 활판 인쇄상의 오류가 적지 않게 나타남을 볼 수 있다. 「백록담」에는 '石茸'이라는 말이 나온다. 지금 자전에 나오는 한자음으로 이 말을 읽으면 '鹿茸'을 '녹용'이라고 읽듯이 '석용'이라고 읽어야 한다. 그러나 이 말은 고산 지대의 돌에 나는 석이버섯을 뜻하므로 '석이'라고 읽어야 옳다. 또 『정지용시집』에는 「柘榴」라는 시가 있다. 이것도 지금 자전의 한자음에 의하면 '자류'라고 읽어야 한다. 그러나 '자'라는 음을 가진 '柘'라는 말은 석류와는 아무 관계가 없다. 따라서 '石茸'을 '석이'라고 읽듯 '柘榴'도 '석류'라고 읽어야 옳다. 어떤 사람은 「忍冬茶」를 고지식하게 '인동다'라고 읽는다. '茶'의 음과 훈이 '차 다'로 되어 있기 때문이다. 그러나 '雪綠茶'를 '설록다'로 읽지 않고 '설록차'로 읽듯이 「忍冬茶」는 '인동차'라고 읽어야 옳다.

「長壽山 1」에는 '兀然히'라는 말이 나온다. 유명한 "오오 견디랸다 차고 兀然히 슬픔도 꿈도 없이 長壽山속 겨울 한밤내—"가 그것이다. 여기서 '兀然히'는 첫 발표지면인 『문장』지에 '兀然히'로 표기되어 있다. '几'는 '궤'라고 읽고 '작은 의자'라는 뜻이며, '兀'은 '올'이라고 읽고 '우뚝하다'는 뜻이다. 그러니 이 시의 문맥 속에서는 '兀然히'가 맞고 '几然히'는 잘못된 것이다. 따라서 이 구절을 읽을 때에는 『문장』지의 표기대로 '올연히'로 읽어야 맞다.

3. 감각적 표현의 경지

정지용의 시가 감각적 탐구의 한 경지를 보여주었다는 사실에 대해, 그의 시가 감각적 재치에 머물러 역사의식을 등한히 했다든가, 구체적 현실로부터 이탈하여 신앙이나 자연 등 관념적 순수의 세계에 몰입해 갔다든가 하는 비판이 제기되기도 했다. 그러나 나는 감각의 세계와 정신의 세계가 그렇게 이분된다는 생각에 동의하지 않

고, 역사나 현실을 직접 이야기할 때 좋은 시가 쓰여진다는 생각도
해 본 적이 없다. 남들이 다 꽃을 노래할 때 혼자 사람을 노래했으
니 좋은 시인이라는 주장처럼 비논리적인 것은 없다. 사람을 어떻
게 보고 어떻게 표현했느냐가 중요한 것이고 그것이 시 비평의 기
준이 되어야 한다. 정지용의 감각의 절대성에는 정신의 치열성에
상응하는 요소가 분명히 존재한다. 정지용이 이룩한 감각적 표현의
수준이라는 것은 그냥 단순하게 보고 넘어갈 성질의 것이 아니다.
그것은 한국 현대시의 완성자로 그를 불러도 조금도 손색이 없을
만큼 높은 경지를 보여주고 있기 때문이다.

①梧桐나무 꽃으로 불밝힌 이곳 첫여름이 그립지 아니한가?
②어린 나그네 꿈이 시시로 파랑새가 되어오려니.
③나무 밑으로 가나 책상 턱에 이마를 고일 때나,
④네가 남기고 간 記憶만이 소근 소근거리는구나.

⑤모초롬만에 날러온 소식에 반가운 마음이 울렁거리어
⑥가여운 글자마다 먼 黃海가 남설거리나니.

⑦……나는 갈매기 같은 종선을 한창 치달리고 있다……

⑧快活한 五月넥타이가 내처 난데없는 順風이 되어,
⑨하늘과 딱닿은 푸른 물결우에 솟은,
⑩외따른 섬 로만틱를 찾어 갈가나.

⑪일본말과 아라비아 글씨를 아르키러 간

⑫쬐그만 이 페스탈로치야, 꾀꼬리 같은 선생님 이야,
⑬날마다 밤마다 섬둘레가 근심스런 風浪에 씹히는가 하노니,
⑭은은히 밀려 오는 듯 머얼리 우는 오르간 소리……
　　　　「五月消息」 전문

　감각의 경지를 설명하는 내용이기 때문에 이해를 돕기 위해서 원전의 음성적 가치를 손상하지 않는 선에서 현행 표기법으로 바꾸어 인용하였다. ‘모초롬’, ‘날러온’ 등의 말들은 원시의 음감을 고려하여 그대로 표기했으며, ‘선생님 이야’도 선생님 노릇을 하는 그 사람에 대한 강조의 의미가 원시에 담겨 있는 점을 감안하여 붙여쓰지 않고 그대로 두었다. 그리고 설명의 편의를 위하여 각 시행 앞에 번호를 붙였다. 이 시는 1927년 5월 경도에서 쓰고 1927년 6월 『조선지광』에 발표한 작품으로, 강화도의 교사로 부임해 간 어느 여인을 소재로 한 작품의 하나다. 창작 시점으로 볼 때 이 시는 카프의 생경한 경향시가 시단을 풍미하고 20년대의 주정적 시풍이 한쪽으로 연맥을 이어가던 시기의 작품이다. 그런데 이 시의 시행 하나하나를 꼼꼼히 음미해 보면, 당시의 다른 시에서는 좀처럼 찾아보기 힘든 새로운 감각적 기법이 다양한 양상으로 활용되고 있음을 발견하고 놀라게 된다.

　①에서는 오동나무 꽃이 핀 것을 등불을 밝힌 모양으로 비유하여 그것을 곧바로 첫여름의 독특한 풍정으로 바꾸어 놓았다. ②에서는 어린 나그네라고 지칭한 ‘너’의 꿈이 화자가 있는 곳으로 다가오는 것을 파랑새의 형상으로 바꾸어 표현하였다. ①과 ②의 심상을 연결지어 읽으면, 오동나무 꽃이 등불처럼 환하게 피어 있는 곳으로 파랑새가 꿈을 싣고 날아와 앉는 장면이 하나의 화폭처럼 그려진

다. 그러나 그것은 실제의 장면이 아니라 화자의 머리 속에 그려진 상상의 세계다. '파랑새'라는 시어는 바로 그 상상의 비실재성과 낭만성을 환기한다. 그뿐 아니라 ②에 들어 있는 '시시로'라는 시어는 화자가 대상에 대해 빈번하면서도 긴밀하게 마음의 교류를 갖고 싶어하는 심리적 지향을 절묘하게 드러낸다. 요컨대 이 한 단어의 부사어는 잊을 만하면 또 생각나고 다른 일을 하다가도 다시 그 사람을 머리에 떠올리는 화자의 심리 상태를 집약적으로 드러내 보여주는 것이다.

 당시 시를 발표하던 양주동이나 이상화, 주요한, 김동환 등의 시를 보면 수사적 표현이라는 것이 추상적인 진술의 단계를 벗어나지 못하는 경우가 많다. 그러나 시는 구체적 상황을 보여줄 때 독자에게 쉽게 흡수되고, 비유적 표현을 구사할 때도 구체적인 형상을 빌어 표현할 때 참신한 효과가 나는 법이다. 그런 점에서 ③의 "책상 턱에 이마를 고일 때나"라는 구절도 평범한 것 같지만 사실은 상황을 구체적으로 제시하여 그리움에 잠긴 화자의 사색적인 외형까지도 그대로 떠오르게 하는 뚜렷한 표상력을 지닌다. 가령 ③을 "나무 밑으로 가나 책상에 앉을 때나"로 바꾸어 보면 원시에 있던 매우 복합적인 정서적 요소들이 모두 사라져 버리는 것을 실감할 수 있다. 책상 턱에 이마를 고인다는 정감 어린 표현은 그 다음 행의 "소근소근거리는구나"와 자연스럽게 호응한다. 소근거리는 주체가 기억이라는 사실도 매우 시적이다. 네가 남기고 간 기억이 계속 소근거린다는 감각적 표현은 기억의 연속적 생동감을 매우 경쾌하게 그려내고 있다. 그리고 그 소근거리는 기억 역시 책상 턱에 이마를 고이고 있는 동작과 자연스럽게 연결된다. 이처럼 네 행으로 구성된 첫 연은 마치 어떤 계획표를 세워놓고 시를 써 간 것처럼 언어와 심상이 매우 긴밀하게 조직되어 있음을 확인할 수 있다.

  2연의 ⑤, ⑥은 '너'의 편지를 받은 다음의 심정을 표현하였다. 그리움을 담은 여성의 사연이니 편지의 글자는 '가여운 글자'일 수밖에 없고, 그 애틋한 사연은 네가 가 있는 강화도의 황해 물결을 떠올리게 한다. "가여운 글자마다 먼 黃海가 남설"거린다는 표현은 가시적 근경과 상상 속의 공간을 병치시켜 접합한 감각적 표현이다. 이 동적인 감각 표현은 그 앞의 "반가운 마음이 울렁거리어"의 동적 표상과 역시 절묘하게 호응한다. 네 편지로 인해 네 생각이 더욱 간절해지고 네가 가 있는 황해 물결까지 떠오르게 되자 ⑦에서처럼 배를 타고 네게로 달려가는 상상을 하게 된다. 배를 타고 달리면 넥타이가 바람에 휘날릴 것인데, 영화에서 보는 것 같은 그런 낭만적인 모습으로 강화도의 낭만적 연정을 찾아가고 싶은 충동을 느낀다. 상상만으로도 즐거운 자신의 심사를 '快活한'으로 표현했고, 낭만적 풍정을 '로만틱'이라는 외래어로 표현했다. 자신이 찾아간다고 하지 않고 '쾌활한 오월넥타이'가 저절로 순풍이 되어 섬을 찾아간다고 하여 낭만적 연정을 우회적으로 간접화하였다. 오월의 싱그러움과 넥타이의 낭만적 펄럭임을 결합한 '오월넥타이'라는 시어도 신선하다.

  상황을 구체적으로 표현한다는 원칙은 끝까지 충실히 지켜져 '일본말과 아라비아 글씨를' 가르친다고 했고, '쬐그만 페스탈로치', '꾀꼬리 같은 선생님'이라고 했다. 추상의 단계에서 벗어나 구체적으로 상황을 소개하고 감정까지도 가시화하려는 시적 노력의 결과다. 그런 가시화의 노력은 '섬둘레가 근심스런 풍랑에 씹힌다'는 비유까지 만들어낸다. 네가 가 있는 곳이 섬이니까 섬 둘레에는 밤이나 낮이나 물결이 부딪쳐 올 텐데 그것을 섬둘레가 물결에 씹힌다고 표현한 비유는 지용이 아니면 할 수 없는 독보적인 비유다. 더군다나 그 물결을 '근심스런 風浪'이라고 하여 상대방에 대해 자신이 염려하는 마음까지 담아내 표현한 것은 지용이 일급의 시인임을 알려주는 단적인 증거다.

⑭에 나오는 오르간 소리는 너를 걱정하고 그리워하는 내 마음의 화답인 듯 황해 바다에서부터 경도까지 파도를 따라 밀려오는 것 같다. 어린 시절 교실에서 울려나오는 풍금의 단순하고도 정겨운 음조를 기억하고 있는 사람이라면 이 오르간 소리의 여운이 얼마나 적실한 효과를 자아내는지 알 수 있을 것이다. 이 마지막 장면에서 ⑬의 '근심스런 風浪'과 ⑭의 '머얼리 우는 올간 소리'는 절묘하게 호응하면서 현해탄과 황해를 사이에 둔 두 사람의 마음의 교류를 시각과 청각으로 구체화한다. 요컨대 그리움과 사랑이라는 내면의 움직임이 감각적 장치를 통해 구체화되는 과정, 추상적 사유가 감각화되는 장면을 여기서 뚜렷이 목도하게 되는 것이다.

우리는 정지용 시 원본에 나타난 시어의 의미를 좀더 충실히 음미하면서 각각의 시어들이 어떠한 감각과 사유와 정신을 담아내고 있는가를 밝혀가야 한다. 나는 이 책의 시어 주석에서 서로 다른 시에 나오는 동일하거나 유사한 시어의 쓰임새에 대해 일일이 해당 사항을 밝혀 놓았다. 그것을 통해 한 작품에서 풀리지 않았던 시어의 의미가 다른 작품에서 밝혀지는 것을 발견하게 될 것이다. 그러한 시어와 시어의 연결, 시행과 시행의 연결 고리를 통해 정지용 시가 지닌 표현미학의 비밀을 찾아내야 한다. 우리는 정지용 시의 미학적 구성원리를 탐색하는 도정에 서 있고 이 책은 그 전초기지로서의 역할을 맡게 될 것이다.

원본 정지용 시집

2003년 2월 15일 초판발행
2016년 3월 10일 6쇄 발행

주 해 이 숭 원
펴낸이 박 현 숙
찍은곳 신화인쇄공사

04315 서울특별시 용산구 원효로 80길 5-15, 2층
T. 723-9798, 722-3019 F. 722-9932

펴낸곳 도서출판 **깊 은 샘**

등록번호/제2-69. 등록년월일/1980년 2월 6일

ISBN 89-7416-117-6

※ 깊은샘은 E-mail : kpsm80@hanmail.net,
kpsm@hitel.net에서 만나실 수 있습니다.

※잘못된 책은 교환해 드립니다.

값 15,000원